El primer viaje alrededor del mundo

ANTONIO PIGAFETTA

El primer viaje alrededor del mundo

Adaptación de EDUARDO ALONSO

Ilustraciones de CARLOS ESCUDERO

EDITORIAL JUVENTUD, S. A.
PROVENÇA, 101 - 08029 BARCELONA

ÍNDICE

Presentación 7

Capítulo 1. De Sevilla a la Patagonia 9
    Año de 1519. Preparativos del viaje. Partida de Sevilla. De Sanlúcar a Tenerife. Bordeando África. Brasil. Costumbres de los brasileños. Enero de 1520 en Río de la Plata.

Capítulo 2. De la Patagonia al océano Pacífico 27
    Conjura contra Magallanes. Los patagones. Hacia el polo Antártico. El paso del Estrecho. Vocabulario patagón. El océano Pacífico.

Capítulo 3. De la Tierra de Fuego a las Filipinas .. 45
    Hambre y enfermedad. Las islas infortunadas. La isla de los Ladrones. La isla de los Cocoteros. El rajá de Massana. La cruz en la colina. Llegada a Cebú.

Capítulo 4. La muerte de Magallanes 63
    Paz y comercio con el rajá de Cebú. Ritos fúnebres. Conversión de infieles. Juramento y regalos. La purificación del cerdo. La muerte de Magallanes. Elogio de Magallanes.

Capítulo 5. De las Filipinas a las Molucas 81
    La traición del malayo. El desastroso recuento. Alianza de sangre. La isla de Borneo. Peleas de gallos. La isla de Borneo. En la corte del rajá Siripada. Reparación de los navíos. La isla de las Perlas. ¡Al fin, las Molucas!

Capítulo 6. En las islas de la Especiería 101
    El sultán de las doscientas concubinas. Cargamento de clavo. Dos portugueses. Costumbres moluqueñas. Las especias: clavo, nuez moscada y jengibre. Larga espera.

Capítulo 7. El regreso a España 117
    Los enanos orejudos. Los hombres más feos del mundo. La isla de Timor. Bárbaras costumbres de Java. Noticias de China. Noticias de la India. Hacia El Cabo de Buena Esperanza. Peligrosa escala en Cabo Verde. ...Y Sevilla. Fin de la crónica.

Notas 133

PRESENTACIÓN*

Yo, Antonio Pigafetta, nacido en la ciudad italiana de Vicenza, fui uno de los dieciocho hombres que hizo el primer viaje alrededor del Globo. Había leído en los libros las cosas maravillosas que se ven navegando por los océanos y quería comprobar con mis propios ojos si eran ciertas. Pero la ocasión de embarcarme no se me presentó hasta los 28 años, en 1519. Estaba en Barcelona con el séquito del embajador del Papa en la corte de Carlos V, cuando me enteré de que se preparaba en Sevilla una escuadra para abrir una nueva ruta por mar hasta las islas Molucas, de donde nos vienen las especias.[1] Recogí cartas de recomendación, fui a Málaga en barco, llegué por tierra a Sevilla y me enrolé en la nao[2] *Trinidad*, al servicio del almirante Magallanes, que me tomó para hacer la crónica del viaje. Aún pasaron tres meses hasta que la escuadra estuvo lista y zarpó Guadalquivir abajo.

La expedición alrededor del Globo fue muy larga y llena de peligros, pues duró tres años, y de cinco naves que partieron de Sevilla sólo regresó una, y de los 237 hombres que se embarcaron sólo volvimos 18. Como

(*) (Las *Notas* las encontrará el lector al final del libro.)

dije, yo fui uno de esos dieciocho. Durante el viaje dibujé mapas y anoté en varios cuadernos las maravillas que veía y las calamidades que sufríamos. Os ofrezco hoy ese diario con el deseo de honrar al valeroso capitán Magallanes, de entreteneros, de ser útil y de lograr que mi nombre no caiga en el olvido.

CAPÍTULO 1
DE SEVILLA A LA PATAGONIA

AÑO DE 1519
PREPARATIVOS DEL VIAJE

El almirante[3] portugués Fernando de Magallanes tenía 39 años cuando inició su viaje a las islas de las Especias por una ruta hasta entonces desconocida. Era un navegante experto, porque había estudiado a fondo la ciencia de la navegación, conocía los mapas secretos que se guardaban en la cancillería de Lisboa y había viajado durate cinco años por las Indias Orientales. Al volver de Asia participó en una expedición por la costa de Marruecos, donde recibió una lanzada en la rodilla izquierda que le dejó cojo para siempre. Descontento con su rey porque no le pagaba conforme a sus méritos, en febrero de 1518 fue a Valladolid a ver al emperador Carlos V y le ofreció sus servicios. En la audienca le acompañaba un esclavo malayo que el almirante se había traído de su viaje a las islas Molucas.

—Majestad —dijo Magallanes al emperador—, como la Tierra es redonda, se puede llegar a Japón y a las islas Molucas navegando hacia occidente.

El primer viaje alrededor del mundo

Es un camino más corto y evita la ruta portuguesa, la que costea África y dobla el cabo de Buena Esperanza.

Para convencer al emperador, Magallanes le mostró un mapa que casi nadie conocía y leyó la carta que su amigo Antonio Serrano le había enviado desde las Molucas. En esa carta su amigo le animaba a emprender el viaje porque se podía hacer un ventajoso comercio de clavo en aquellas islas.

—Majestad —concluyó Magallanes—, podemos traer muchas especias y obtener grandes beneficios. De paso descubriremos muchas tierras y será la primera vez que se dé la vuelta al mundo. Y se haría con barcos que enarbolaran el pabellón[4] de Castilla.

El emperador Carlos aprobó el viaje y nombró a Magallanes almirante de la flota.

Año y medio se tardó en reparar en los muelles de Sevilla cinco barcos viejos, armarlos con cañones, reclutar la tripulación y abastecerlos de víveres para la larga travesía. La nao almiranta, donde iba Magallanes, era la *Trinidad.* La *Santiago,* el barco más pequeño, estaba al mando de João Serrão, que era de origen portugués, pero al que se le había traducido el nombre por el de Juan Serrano. La *San Antonio,* el navío más grande,[5] embarcaba sesenta hombres al mando de Juan de Cartagena. La carabela[6] *Concepción* estaba a cargo de Gaspar Quesada, y la *Victoria* era capitaneada por Luis de Mendoza y su contramaestre[7] era el vasco Juan Sebastián Elcano. Estos tres capitanes eran españoles y enemigos de Magallanes por la única razón de que el almirante era portugués.

De Sevilla a la Patagonia

Como dije, la tripulación de las cinco naves era de 237 hombres. La mayoría eran españoles, pero había más de treinta portugueses, entre ellos cinco pilotos, casi otros tantos italianos, una docena de franceses y flamencos y hasta un inglés, que era maestro artillero. Además de los marineros y grumetes, cada navío contaba con capellán, carpinteros y calafates,[8] herreros, cocineros, despenseros, toneleros, cañoneros, cirujano barbero, escribano, alguacil... y todos los oficiales necesarios para el cuidado del barco y la vida a bordo. El almirante prohibió que embarcase ni una mujer.

Poco antes de partir, el almirante Magallanes reunió a los cuatro capitanes para darles a conocer los reglas de a bordo.

—Quiero verlos todas las tardes en la nao almiranta para rendirme informes y recibir órdenes —les dijo—. Y ahora les entrego las normas que habrán de hacer cumplir en sus barcos.

Don Juan de Cartagena, el capitán de la nave *San Antonio*, echó un vistazo al papel y comentó:

—Señor, son normas muy severas.

—¿Señor? En adelante, debéis darme el tratamiento de Capitán General —dijo el almirante, que quería afirmar su autoridad desde el primer momento. Y dirigiéndose a los cuatro capitanes, les advirtió—: Y cuando subáis cada día a mi nave a rendirme informes, debéis saludarme siempre así: Dios os salve, señor Capitán General.

Los capitanes españoles intercambiaron una mirada de desagrado, porque les pareció que el almirante los trataba con desdén.

El primer viaje alrededor del mundo

Otro día el almirante Magallanes reunió a pilotos y contramaestres de los buques para entregarles las cartas de navegación y el reglamento de señales.

—Los barcos deben navegar juntos, en fila, tras la estela de la nao capitana —les ordenó—. De día seguid mi bandera y de noche mi farol.

Para no perderse de noche, los navíos debían guiarse por el farol encendido a popa en la nao almiranta. Si además se encendía una antorcha, los otros cuatro barcos harían lo mismo para indicar que seguían al *Trinidad*.

—Si la capitana dispara muchos cañonazos es el aviso de que estamos cerca de tierra o en bajos fondos, y por lo tanto hay que navegar con precaución.

El reglamento era muy detallado. Entre otras normas, fijaba tres turnos de guardia nocturna y regulaba el comportamiento de los hombres a bordo.

—El que incumpla las normas será severamente castigado —dijo Magallanes—. Sin disciplina, nuestro viaje no tendrá éxito.

PARTIDA DE SEVILLA

El lunes 10 de agosto los cinco barcos estaban cargados con los instrumentos náuticos, pertrechos y víveres necesarios para una larga navegación. Llevábamos 6 vacas, 415 pipas[9] de vino, 5 de harina, 475 arrobas[10] de aceite, 200 de vinagre, 228 tocinos añejos, 984 quesos, 150 barriles de anchoas y gran cantidad de arroz, lentejas, garbanzos, azúcar, ajos, almendras, miel... y más de veinte mil libras de galleta de barco. También se habían cargado mercancías para comerciar con los indios. A cambio de sus especias, les entregaríamos paños y telas de varios colores, hachas, 900 cuchillos de Alemania, de los peores, 600 tijeras, clavos, anzuelos y otros objetos de hierro. También llevábamos novecientos espejos pequeños y diez grandes, vasos de cristal y abalorios[11] de muchos colores, pues al parecer los indios[12] estimaban el vidrio tanto como nosotros el oro.

En la mañana de ese 10 de agosto de 1519 toda la tripulación acudió a la iglesia de Santa María de la Victoria, en el barrio de Triana. Nos acompañaban familiares, amigos y multitud de curiosos. Se celebró misa solemne y, al acabar, el almirante hincó la rodilla en tierra y en voz alta prestó juramento con estas palabras:

—Yo, Fernando de Magallanes, juro por Dios fidelidad a Su Majestad Carlos I, rey de España, a cuyo servicio me entrego.

Hecho el juramento, recibió el estandarte real. Después los cuatro capitanes, uno por uno, juraron lealtad al almirante y cumplir y hacer cumplir las órdenes que habían recibido. A continuación hizo su juramento toda la marinería, con voz recia y unánime.

Acabada la ceremonia, todo el mundo fue al embarcadero. Pasado el mediodía, cuando empezó a soplar una suave brisa, una descarga de artillería anunció la salida de la escuadra. Una gran multitud nos dijo adiós desde el muelle.

El capitán Magallanes se volvió y me llamó:

—Pigafetta, de ti depende que el mundo conoz-

El primer viaje alrededor del mundo

ca la aventura que hoy emprendemos. Anota el diario de viaje sin salirte un punto de la verdad.

Descendimos por el Guadalquivir, pasamos cerca de San Juan de Alfarache, antigua ciudad de moros muy poblada, Coria y otros pueblos ribereños hasta Sanlúcar, que está a veinte leguas[13] de Sevilla. Días después llegaron en chalupa[14] los capitanes y se acabó de aprovisionar la escuadra, llenando los toneles de agua dulce y cargando vino y otras viandas.

DE SANLÚCAR A TENERIFE

El martes 20 de septiembre de 1519 fue el día de la partida. El día antes el almirante había pasado revista a las naves y a las tripulaciones, observando todo y preguntando todo, hasta comprobar que nada faltaba y todo estaba a punto. Al terminar el examen dijo como para sí:

—Todo lo que un mortal es capaz de calcular, lo tengo calculado. Y todo lo que puede prever, lo he previsto.

Y en verdad, así era. Hasta el testamento había dejado rematado, en el cual mandaba que si la muerte le alcanzaba durante el viaje, diesen el último descanso a su cuerpo en la iglesia más próxima dedicada a la Madre de Dios.

El día de la partida asistimos por la mañana a misa en la iglesia de Nuestra Señora. Cumpliendo órdenes del almirante, nos confesamos y comulgamos. A mi lado estaba el esclavo malayo que el almirante se había traído de las islas Molucas. Era oscuro de

El primer viaje alrededor del mundo

tez, bien proporcionado y contaba veintiséis años. Se había hecho cristiano con el nombre de Enrique. Había aprendido muy bien el castellano, así que era un hombre muy necesario en la expedición, porque debía servirnos de intérprete.

A media tarde, todo listo para zarpar, y con mucha gente en el puerto, el contramaestre transmitió la orden del capitán.

—¡Fuego!

Sonó con estruendo una sonora salva de artillería y a continuación las órdenes de partida.

—¡Izad velas! ¡Fuera amarras! ¡Levad anclas!

La almiranta se hizo a la mar y tras ellas las otras cuatro naos, en fila, rumbo a las islas Canarias. Menos los hombres que maniobraban la nave, los demás contemplamos en silencio y llenos de inquietud la tierra que se alejaba. Seis días después llegamos a Tenerife y entramos en el puerto de Monterroso para hacer aguada, esto es, cargar agua potable y proveernos de leña. Descansamos cinco días. Allí oí contar un raro fenómeno, y como me lo contaron, os lo cuento. Me dijeron que en la isla de Tenerife no llueve nunca, y por lo tanto no hay fuentes ni ríos. Pero en la montaña hay un gran árbol envuelto siempre en la niebla, la cual empapa las hojas, y éstas destilan gotas que van a caer en una fosa. A esa fosa van los isleños a recoger agua para beber y para abrevar los animales.[15]

A punto de dejar la isla vimos llegar una carabela. Muchas semanas después supe que uno de sus pasajeros traía un recado secreto para nuestro almirante. Magallanes recibió al mensajero, escuchó el aviso, y como era prudente y reservado, lo guardó para sí sin revelarlo a nadie. El aviso era de su suegro Diego Barbosa, y decía: «¡Cuídate de Juan de Cartagena!».

BORDEANDO ÁFRICA

El lunes 3 de octubre nos hicimos a la vela rumbo sur. Acodado en la borda, viendo alejarse la costa canaria, alguien dijo en voz alta lo que todos pensábamos:

—¿Cuándo será el volver?

Nadie respondió. La preocupación y el miedo nos ahogaban la garganta.

Durante muchos días navegamos sin ningún contratiempo a la vista de la costa africana. Pasamos cerca de las islas portuguesas de Cabo Verde y seguimos hacia Guinea. En los días calmos vimos peces voladores, grandes bancos de pescados y tiburones que nadaban alrededor del barco. Los tiburones tienen varias hileras de dientes muy afilados y si encuentran a un hombre en el agua, lo devoran en el acto. Pescamos algunos con anzuelos de hierro. Vimos también pájaros de muchas especies. Algunos parecían no tener cola y otros no tenían patas, por lo que la hembra pone y empolla los huevos sobre la espalda del macho.[16] Y vimos pájaros que se alimentan de excrementos, que según algunos se llaman *cagacelas*. Yo vi una cagacela perseguir a otra y cuando ésta defecó, se lanzó ávida sobre la caca y se la comió.

Costeamos Sierra Leona hacia el ecuador. El tiempo se presentó lluvioso, tanto que no dejó de llo-

El primer viaje alrededor del mundo

ver en sesenta días. Cuando arreciaban las rachas de viento, poníamos la nave de costado y recogíamos velas. La mar estaba embravecida y en la negra noche se desató una formidable tempestad, con muchos rayos y truenos. El viento era huracanado.

—Esto va mal. Muy mal —oí decir al piloto.

Tan mal iba la cosa, que creímos que nos íbamos a pique. Pero en plena borrasca vimos flamear en lo alto del palo mayor como una antorcha luminosa.

—¡Mirad! ¡El fuego de San Telmo![17]

—¡Gracias a Dios!

La luz pálida y azulada nos dio ánimo y consuelo. Dos horas duró el resplandor, que terminó con un destello tan fuerte que casi nos deja ciegos. Volvió la oscuridad y por un instante nos creímos perdidos. Pero en seguida cesó el viento y poco a poco se calmó la mar.

El capitán de la nave *San Antonio* no entendía por qué bajábamos tan al sur, lo que ya alargaba la travesía del océano al menos dos semanas. Él se tenía en mucho valor, porque había sido puesto al frente de la nave más grande por el mismo Emperador Carlos, y había recibido la encomienda de «velar en el caso de que observe alguna negligencia, que falle la perspicacia y la vigilancia de los otros». Y así, una tarde, en la visita diaria a la nao capitana, don Juan de Cartagena le dijo a Magallanes:

—Señor Capitán General, ya no estamos en tierra para mantener secretos. ¿No puede confiarme el rumbo que llevamos? ¿Por qué ha alterado el curso del viaje? ¿Es para no encontrar las naos portuguesas que vienen de Brasil?

—Vos seguidme, y no me pidáis cuentas nunca más —replicó el almirante.

Desde aquel momento fue tan manifiesto el despecho del capitán Cartagena, que más de una vez redujo el tratamiento reglamentario al almirante, diciéndole sólo «Señor Capitán», sin añadir «General», para insinuar que ponía en duda su autoridad sobre toda la flota.

Tras pasar la línea del ecuador, perdimos de vista la estrella polar. Al fin pusimos proa sur suroeste, hacia Brasil, un país tan grande como España, Francia e Italia juntos. Brasil pertenece al rey de Portugal. Tuvimos muchos días de calma chicha, sin poder avanzar nada, bajo un sol de plomo, a la espera de los vientos que nos empujaran hacia la otra orilla del océano. La quietud, la vida monótona a bordo y el espacio reducido para tantos hombres, provocaban malhumor y malestar. ¡Cómo deseábamos pisar tierra brasileña, tomar alimentos frescos y movernos libremente!

BRASIL

—¡Tierra! —gritó el vigía.

Qué contentos nos pusimos al divisar la costa de Brasil, un país en el que abunda toda clase de productos. El pan que comen los nativos es blanco y redondo, muy sabroso, y está hecho de la médula del palmito.[18] En un lugar del cabo San Agustín, cargamos agua, gallinas, patatas, caña de azúcar, carne de anta, que es un animal parecido a la vaca, y frutas

El primer viaje alrededor del mundo

variadas, como el ananás, que es muy dulce y tiene cierto parecido a la piña del pino.

Con los nativos hicimos trueques[19] muy ventajosos. Por un anzuelo o un cuchillo nos daban cinco o seis gallinas; por un peine, dos gansos; por un espejito o un par de tijeras, pescados para comer doce personas. Por un cascabel o una cinta nos traían una cesta de patatas. La patata es una raíz con cierto parecido a nuestro nabo y un sabor parecido al de la castaña. Un indígena se quedó prendado del as de oros de la baraja y a cambio de esa carta me ofreció seis gallinas. Acepté el cambio y él se fue tan contento, creyéndose que había hecho un gran negocio.

—*Tum, tum* —decían los indios para alabar la cosa que querían cambiar. En su lengua *tum* quiere decir «bueno».

Nos entendíamos por gestos, menos el piloto João Carvalho, que hablaba su lengua porque había pasado cuatro años en Brasil. Había tenido un hijo con una india, que ya era mocito y era grumete a bordo. João Carvalho era portugués de nación, pero había castellanizado su nombre y ahora se llamaba Juan Carvajo.

El calor era sofocante. Después de unos días de descanso, nos hicimos a la mar. Siguiendo la línea costera hacia el sur llegamos el 13 de diciembre a la hermosa bahía de Río de Janeiro.[20] La había descubierto en 1502 el explorador lusitano Gaspar de Lemos, y como creyó que allí desembocaba un río y aquel día era 20 de enero, que en portugués se dice *janeiro*, llamó al lugar Río de Janeiro.

Una vez fondeados, botamos las lanchas amarradas al costado de las naves para llegar a la orilla y los indígenas que nos observaban en la playa de arena blanquísima quedaron pasmados porque creían que esas chalupas eran hijas del buque, y que éste las alimentaba como si fueran sus cachorros.

En esto el cielo se puso negro y amenazador. Hacía dos meses que no llovía y el país padecía una gran sequía, de manera que cuando poco después de entrar nosotros en la bahía se desató la lluvia, aquellas gentes creyeron que la habíamos traído nosotros. Así pues, la casualidad y la credulidad de los indios determinaron que fuéramos recibidos con admiración y respeto.

Ya en tierra oímos misa y los indígenas estuvieron muy atentos y respetuosos. Los brasileños no son ni cristianos ni idólatras.[21] Su única ley es el instinto natural, pero como son crédulos y bondadosos, sería fácil convertirlos al cristianismo.

COSTUMBRES DE LOS BRASILEÑOS

De los brasileños os diré que viven muchísimo tiempo. Los viejos llegan a los ciento veinte años, y algunos cumplen ciento cuarenta. Los hombres van desnudos, son fuertes y están tan bien formados como nosotros. Las mujeres también van desnudas, sin más vestido que su larga cabellera, y su piel es más aceitunada que negra y la pintan de colores. Llevan cabellos cortos y se depilan hasta no deja ni un pelo en el cuerpo. Los hombres se adornan con tres finos cilindros de piedra que les atraviesan el labio inferior y a veces se ponen una chaquetilla de coloridas plumas de loro que les tapa hasta la cintura, lo que les da un aspecto pintoresco y ridículo.

El jefe de la tribu se llama *cacique*. Los brasileños viven en amplias cabañas que llaman *boi* y duermen en *hamacas*, que son redes de algodón colgadas por los extremos a gruesos postes. Un boi puede albergar hasta cien hombres con sus mujeres y niños, de manera que hay mucho ruido en ellos.

—¿Sabías que son caníbales? —me dijo Juan Carvajo.

—¿De veras? —pregunté sorprendido.

—No comen carne humana por gusto o apetito, sino por tradición.

Al parecer, el origen de esa costumbre fue la venganza.

—Hace mucho tiempo —me explicó Carvajo—, en una guerra entre dos tribus vecinas, un hombre mató a un enemigo, que era el único hijo de una vieja. Poco después, tras otra batalla, trajeron preso al asesino y la vieja se abalanzó sobre él y le destrozó la espalda a mordiscos. El prisionero logró escaparse y, mostrando a los suyos las dentelladas, les dijo que habían querido devorarlo vivo. Entonces los de esta tribu, para no ser menos feroces, atacaron a sus enemigos, los vencieron y se comieron crudos a muchos. Desde entonces es costumbre en Brasil que los vencedores de una guerra se coman a los vencidos. Los llevan a su poblado, los descuartizan y reparten los trozos. Luego cada guerrero se lleva su parte de carne, la seca al humo y se come un pedazo cada ocho días.

De Sevilla a la Patagonia

Ahora os diré algo de las mujeres. Llevan a los hijos colgados del cuello con una red, hacen los trabajos más penosos y cargan pesados cestos en la cabeza, mientras sus maridos, que son muy celosos, las siguen armados con un arco y las flechas. Nunca las dejan solas. Las casadas son tan pudorosas que no toleran nunca que sus maridos las abracen durante el día, en cambio las jóvenes solteras venían a menudo a nuestros barcos y se ofrecían a los marineros a cambio de algún regalo.

Una vez se me acercó un hombre con dos hijas muy guapas, me las señaló y gesticulando me dijo:

—*Tarse, chipag, amaraca.*

—¿Qué dice? —pregunté al hijo de Juan Carvajo, que estaba allí.

—*Tarse, chipag, amaraca* —insistía el hombre.

—Dice que te vende a sus dos hijas como esclavas por un cuchillo («tarse»), un peine («chipag») y unos cascabeles («amaracas»).

Los brasileños llaman *maracas* a los sonajeros y a unas calabazas con piedrecitas dentro con las que hacen música.

Os diré algo de los barcos de los brasileños. Son largos y estrechos, y los llaman *canoas*. Están hechos de troncos de árboles que ahuecan con una piedra cortante, porque no conocen las herramientas de hierro. Las canoas son, pues, de una pieza, porque hay árboles tan grandes que de un tronco sale una canoa para treinta o cuarenta hombres. Se mueven a remo, unos remos muy parecidos a las palas que usan nuestros panaderos. Si vierais a estos hombres tan negros, calvos, desnudos y sucios creeríais que son marineros del infierno, de la mismísima laguna Estigia.[22]

Para no cansaros, sólo añadiré algo sobre los animales de Brasil. Vi infinitos papagayos y loros. Por un espejito nos daban diez. Vi aves cuyo pico parecía una cuchara, pero carecían de lengua.[23] Vi cerdos que tenían el ombligo en la espalda.[24] Y vi en lo alto de los árboles muchos lindos monitos, amarillos, parecidos a cachorros de león, y muy chillones. Tienen un nombre como muy adecuado, *aquiquis*.

ENERO DE 1520. RÍO DE LA PLATA

Permanecimos en Río de Janeiro trece días. El 27 de diciembre nos hicimos a la mar rumbo sur. Celebramos el nuevo año de 1520 a bordo y después de varios días de navegación encontramos en los 34º de latitud un gran río de agua dulce. Lo había descubierto tres años antes Juan de Solís, el cual creyó en un primer momento que era el canal de paso al mismo mar que seis años antes había descubierto Núñez de Balboa[25] en Panamá. Pero no era ningún paso al mar del oeste, sino un río tan ancho en su desembocadura que desde una orilla no se ve la otra.[26] El navegante Juan de Solís remontó un tramo del río y desembarcó en un lugar con sesenta hombres de la tripulación. Se confió demasiado y los indígenas los comieron a todos. También nosotros anduvimos por allí y vimos acercarse a los caníbales. Su jefe era un gigante con voz de toro. Animó a los suyos a atacarnos, pero hicimos unos disparos, nos tuvieron miedo y se alejaron. No obstante, para verlos bien y apresar algunos, saltamos a tierra cien hombres, y los perseguimos, pero daban tan grandes zancadas que ni corriendo logramos alcanzarlos.

Cruzamos a la otra orilla del Río de la Plata y seguimos hacia el polo Antártico costeando esa tierra. Después de varias semanas de navegación llegamos a una ría[27] que tiene dos islas pobladas de pingüinos y lobos marinos. Los pingüinos son como gansos negros y gordos, pero no pueden volar porque tienen muy pocas plumas en las alas. Su pico es parecido a un cuerno. Se alimentan de peces. Son tan mansos que en una hora cogimos muchos para aprovisionar a los cinco barcos. Los lobos marinos, en cambio, son muy feroces. Tienen dientes largos, pero no son temibles porque no pueden correr. No tienen patas, sino una especie de manos como las nuestras, con uñas pequeñas y membranas entre los dedos. Eso sí, nadan muy deprisa. Sólo comen pescado. Los lobos marinos tienen casi el tamaño de un ternero y una cabeza parecida.

De esa ría con dos islas seguimos nuestro derrotero hacia el polo Antártico. Navegamos sin perder de vista la costa árida e inhóspita. El viento helado maltrataba el velamen y a menudo el mar de plomo se revolvía amenazador. El 31 de marzo alcanzamos los 49° de latitud sur y dimos con una gran bahía. Una vez más supimos en un primer momento que allí se abría el paso occidental hacia las deseadas islas Molucas. Pero fue otra dolorosa decepción.

—¿Paso? ¿Qué paso? ¿Existe alguno?
—Pregúntale al almirante.

El primer viaje alrededor del mundo

—Mejor dábamos la vuelta.

Mucha gente pensaba ya en el fracaso del viaje y murmuraba por lo bajo.

El puerto donde fondeamos estaba bien abrigado de los vientos y del oleaje, pero el lugar era árido y desolado. Le dimos el nombre del santo de ese día: Puerto de San Julián.

Todas las tardes los capitanes de las cuatro naves subían por turno a la nao capitana para rendir su informe al almirante. En particular, Juan de Cartagena, el capitán de la nao *San Antonio,* se mostraba cada vez más molesto y menos favorable en todo, porque —como muchos— desconfiaba de que Magallanes tuviese un mapa fiable, el paso al mar del oeste no había aparecido, ni él ni los otros capitanes eran consultados en nada, los víveres menguaban y para colmo de desventuras, se avecinaba el frío invierno en aquellas soledades. Una tarde, en la visita a la almiranta, el capitán Cartagena saludó con buena disposición a Magallanes:

—Dios os salve, señor Capitán General.

—Él os guarde, señor capitán. ¿Qué parte me dais?

—Señor, es mi deber avisarle de que la marinería se siente inquieta y engañada. Lo mismo dicen pilotos y oficiales. Todos soñaron con un viaje corto a las Molucas y una vuelta rápida con riqueza, y ahora ¿qué pueden esperar? Ya todos piensan en el regreso.

El almirante no se inmutó. Guardó silencio un instante y dio esta respuesta:

—Pasaremos aquí el invierno. Id con Dios.

El capitán Cartagena se retiró ofendido.

CAPÍTULO 2

DE LA PATAGONIA AL OCÉANO PACÍFICO

Cinco meses pasamos en Puerto San Julián. Los primeros días exploramos los alrededores de la bahía, pero no vimos a ningún habitante. El lugar era árido y despoblado, el tiempo gris y frío. Plantamos una cruz en lo alto de una colina y tomamos posesión de aquellas tierras en nombre del rey de España.

El almirante mandó construir un almacén en una islita que había en mitad de la ensenada[28], hacer una fragua y reparar los barcos. Los días se sucedían, fríos y ventosos, la ración de vino y galleta se redujo a la mitad, pero no nos hallábamos tan mal porque había buena pesca. En los alrededores encontramos avestruces, zorros y conejos, que son más pequeños que los de España.

A poco de estar en este puerto de San Julián nos sucedió una desgracia. El almirante envió el *Santiago* a reconocer la costa sur para ver si, por fin, daba con el paso al otro mar por el que debíamos navegar hasta las Molucas. A medida que pasaban los días y el bergantín no volvía, cundió la inquietud. Hasta que un día llegaron agotados dos marinos que habían caminado por lugares despoblados y llenos de maleza, y dieron la noticia que suponíamos.

—El *Santiago* se hundió. Se lo tragó la mar.

El barco había naufragado a unas cien millas.[29] Arrastrado por el oleaje bravío, chocó contra los escollos y se fue a pique, pero la tripulación se había salvado de milagro.

El almirante envió víveres para socorrer a los náufragos, que se quedaron dos meses en el lugar del naufragio para recoger las mercancías y pecios[30] que el mar arrojaba a la orilla.

CONJURA CONTRA MAGALLANES

Además de la pérdida de la nave *Santiago,* sucedió otro hecho desdichado. Como dije, los tres capitanes españoles nunca habían confiado en Magallanes porque era portugués, y su recelo había crecido con el desengaño de no haber encontrado el paso al mar del Sur. A eso había que añadir el malestar de tener que pasar en aquel remoto lugar el frío invierno austral, de modo que el descontento alcanzaba a muchos. Siempre se había creído que el almirante había visto en Lisboa un mapa que atesoraba el rey de Portugal, en el cual mapa se dibujaba el paso al otro mar.[31] Pero ¿por qué no lo mostraba? Los capitanes españoles se sentían ofendidos porque el almirante Magallanes no requería su opinión, cuando los tres eran marinos expertos. ¿Por qué, al menos, no les aclaraba sus previsiones de futuro?

El domingo de Pascua el almirante invitó a los

capitanes a almorzar a su nao. A mediodía la mesa estaba puesta con la mejor vajilla, el camarero dispuesto y el almirante y su primo Álvaro de Mezquita aguardaban las chalupas con los invitados, pero ninguno apareció. Más que un desprecio, la ausencia de los capitanes españoles eran un desafío.

—No vienen, almirante —comentó su cuñado Duarte Barbosa.

Al fin se acercó una chalupa, pero sólo traía a un mensajero con una carta. No era una declaración abierta de rebeldía, sino un aviso con apariencia de ruego.

> SUPLICACIÓN AL SEÑOR CAPITÁN GENERAL
> *Con todo respeto y la obediencia debida, los capitanes de las naos* San Antonio, Concepción *y* Victoria *suplican al señor Almirante el trato que se merecen por el cargo recibido del Emperador, el cual cargo nos obliga por juramento a velar por la hacienda encomendada, y por ello suplicamos al señor Capitán General ser oídos y consultados en asuntos de navegación y derrota para el buen fin del viaje y de la empresa.*

Firmaban la suplicación los tres capitanes. Magallanes leyó el billete sin afectar ninguna emoción y no dijo nada. Alzó la vista y con aire pensativo observó los tres barcos fondeados en la bahía. Al fin, como volviendo en sí, se dirigió al contramaestre y dijo:

—Que suban los de la chalupa y sean agasajados —dijo el almirante retirándose a su camarote.

El primer viaje alrededor del mundo

Os digo ahora lo que debió de pasar antes de desencadenarse los desdichados sucesos. Los capitanes Juan de Cartagena, Luis de Mendoza y Gaspar Quesada se habían conjurado para apresar y sustituir al almirante portugués. A su entender, aún había tiempo de salvar las embarcaciones y de regresar a España antes de llevar a la tripulación a una muerte segura. ¿Con su secretas decisiones acaso no quebrantaba el almirante la confianza que le había concedido el rey de España? ¿No tenían ellos ya causas firmes para quedar libres del juramento prestado? Era hora, pues, de actuar, pero decidieron ofrecer a Magallanes una última ocasión de entrar en razón y de remediar un viaje desastroso. Los tres conjurados no esperaban recibir una respuesta favorable a su súplica, pero dejaban prueba escrita y paciente de su conducta.

Una vez los de la chalupa estuvieron a bordo, en vez de agasajos fueron maniatados. Sin perder tiempo, el almirante Magallanes llamó aparte a su maestre de armas Gonzalo Gómez de Espinosa y a su cuñado Duarte Barbosa y les dio estas órdenes:

—Maestre, llegaos al *Victoria* con cinco hombres que lleven ocultas las armas, arrimaos a babor, decid que lleváis recado mío, retrasad la subida al barco, y ya a bordo rodead al capitán y entretenedlo. Entretanto, vos, Duarte, meted treinta hombres armados en la chalupa recién llegada, acercaos por estribor al *Victoria,* de modo que mientras Gonzalo maniobra y distrae al capitán, abordáis la nao. En ese momento, vos, Gonzalo, apresáis al capitán y lo rendís.

De Patagonia al océano Pacífico

Asintieron los dos fieles oficiales y el capitán Magallanes aún les hizo una postrera advertencia.

—La sorpresa y el arrojo decidirán la suerte del asalto.

Y así se hizo. Tan desprevenidos estaban en el *Victoria* y tan sorprendente, rápido y certero fue el abordaje, que cuando el capitán Luis de Mendoza lo advirtió y quiso rebelarse, ya estaba en el suelo sujeto por tres hombres.

—¡Daos preso, capitán! —dijo Gonzalo Gómez.

—¡Apartaos, villanos!

Y desde el suelo maldecía y daba órdenes, hasta que le clavaron un puñal en el cuello.

Ni tiempo tuvieron en la carabela *Concepción* de prevenirse cuando la chalupa de Duarte Barbosa y otra enviada desde el *Trinidad,* con unos cincuenta hombres armados entre las dos, la abordaron y la tomaron sin tiempo a defenderse, como había ocurrido en el *Victoria*. Su capitán fue preso. La astuta maniobra del almirante, adelantándose a los conjurados, había ganado la partida: eran tres barcos encañonando al *San Antonio*.

Se celebró el juicio y los capitanes rebeldes fueron castigados. El capitán Juan de Cartagena fue declarado cabecilla de la sedición y sentenciado a muerte. El verdugo lo descuartizó. A Gaspar Quesada, sin embargo, se le perdonó la vida, pero fue abandonado en tierra con un cómplice que era sacerdote. Nunca más los vimos.

El primer viaje alrededor del mundo

LOS PATAGONES

Llevábamos ya dos meses anclados en Puerto San Julián y en ese tiempo no vimos a ningún nativo. Los días discurrían invernales y monótonos, pero no ociosos, porque los capitanes ordenaban trabajos para que las naos estuvieran en orden y bien dispuestas para continuar la navegación cuando llegara la primavera austral.

Un día de esos un marinero dio voces en cubierta.

—¡Un salvaje!

Al revuelo nos asomamos a la borda y vimos en la playa a un hombre gigantesco que danzaba, cantaba y de vez en cuando se echaba polvo y arena sobre la cabeza. Cubría su cuerpo con una capa de pieles y envolvía los pies con un calzado de la misma piel. Luego supimos que esas pieles eran de un animal que tiene cabeza y orejas de mula, cuerpo de camello, patas de ciervo y cola de caballo. Y relincha como el caballo.[32] El salvaje daba saltos con tanta fuerza que al caer sus pies en la arena se enterraban más de un palmo. Las huellas que había dejado eran enormes.

—¿Qué hace?

—Es su manera amistosa de darnos la bienvenida —dijo alguien.

Todos estábamos sorprendidos con aquella inesperada visita y muy divertidos con su baile y pantomima.

El almirante llamó a un marinero y le dijo:

—Bota una lancha, ve a tierra, saluda a ese *pa-*

El primer viaje alrededor del mundo

tagón[33] con los mismos gestos y bailes, y luego por señas lo invitas a venir.

Así lo hizo el marinero y poco después el salvaje subió a bordo con mucho temor. Era tan alto que nuestras cabezas le llegaban a la cintura. Nos miraba con mucha extrañeza. El salvaje traía en la mano un arco corto y flechas de caña con punta de pedernal y plumas en el otro extremo. Llevaba la ancha cara teñida de rojo excepto dos círculos amarillos alrededor de los ojos y una mancha en forma de corazón en cada mejilla. Con el dedo índice nos señalaba y luego apuntaba al cielo, al tiempo que decía con voz poderosa:

—¡*Calexchem*! ¡*Settere*!

—¿Qué querrá decir?

—Que venimos del cielo.

Más tarde supe que en su lengua *calexchem* quiere decir sol y *settere*, estrella.

El almirante saludó al gigante con cortesía y mandó darle de comer y de beber, lo que el salvaje hizo con buen apetito y dando muestras de satisfacción.

—Traed un espejo grande —dijo el almirante.

Lo trajeron y el almirante hizo señas al patagón para que se mirase en el espejo. El salvaje, que sin duda era la primera vez que veía reflejada su figura, se espantó tanto que retrocedió bruscamente, dando alaridos y derribando a cuatro de los nuestros que estaban detrás de él. Desde que habíamos embarcado en Sanlúcar no habíamos tenido a bordo un suceso tan divertido y tan celebrado por todos, desde el almirante al último grumete.

De Patagonia al océano Pacífico

En prueba de amistad el almirante Magallanes mandó darle unos regalos: un peine, bolitas de vidrio, cascabeles, un gorro, una camisa y un espejo pequeño. El gigante los recogía con asombro y se fue del barco muy contento.

Unos días después apareció en la playa un grupo de patagones. Venían medio desnudos. Se pusieron en fila y empezaron a danzar, a cantar, a echarse polvo en la cabeza y a señalar el cielo con el dedo índice. Las mujeres también eran altas, pero más gordas que sus maridos. Estaban pintarrajeadas como ellos y vestían pieles más delgadas que les cubrían sus partes. Sus pechos colgantes medían dos palmos. Los hombres llevaban los cabellos cortados en cerquillo, como los frailes, pero más largos y atados alrededor de la cabeza con un cordón de lana. Invitamos a todos a venir a las naves y les repartimos algunos regalos. Como los hombres tenían las manos ocupadas con el arco y las flechas, fueron las mujeres las que cargaron con los objetos.

Los patagones no tienen residencia fija. Van de aquí para allá con sus tiendas de piel de animales y acampan donde hay caza. Comen carne cruda y un pan que llaman *capac* hecho de una raíz dulce. Son muy glotones.

El almirante Magallanes quería traer a España a dos patagones con sus mujeres. Unos días antes de la partida de Puerto San Julián, eligió a dos jóvenes bien formados, pero como iba a ser difícil retenerlos por la fuerza, se valió de la astucia para prenderlos. Los invitó al barco, les llenó las manos de cuchillos, vidrios, espejitos y otros regalos, luego les ofreció dos

El primer viaje alrededor del mundo

grilletes de hierro, pero como ya no podían cargarlos en las manos llenas, aceptaron llevarlos en los pies. De este modo, al cerrar el anillo, quedaron presos. Al darse cuenta del engaño, los dos indios se pusieron furiosos, resoplaban, daban recios alaridos y pujaban por escapar.

—¡*Setebos!*

—¡*Setebos!*

Como supe después, invocaban al demonio, al que llamaban Setebos, para que viniera a liberarlos. Los dos patagones que cogimos para traerlos a España se comían un cesto de bizcochos al día, devoraban ratas crudas, que nunca faltan en los barcos, y se bebían medio cubo de agua de un trago.

Unos días después el piloto Juan Carvajo desembarcó con un pelotón de hombres armados para llevar a los dos patagones a donde estaban sus mujeres y traerlas también a España. Los dos patagones iban sin grilletes y al verse en tierra intentaron escapar. Entonces nueve de los nuestros se abalanzaron sobre uno de ellos y lo sujetaron, no sin trabajo. El otro hacía también violentos esfuerzos para fugarse y en la pelea fue herido ligeramente en la cabeza. Al fin, los dos fueron reducidos y obligados a llevar a los nuestros a su poblado. Al saber lo que les había pasado, sus mujeres lanzaron tan grandes gritos que se oían de lejos. Como ya era tarde, Juan Carvajo decidió pasar la noche en la cabaña. Un rato después llegaron dos indios más, que sin manifestar sorpresa, se quedaron hasta el amanecer. Entonces se dijeron unas palabras, y de repente echaron todos a correr, hombres, mujeres y niños, que eran los más ligeros.

De Patagonia al océano Pacífico

Fue imposible alcanzar a nadie, porque corrían en zigzag y daban grandes saltos. Aunque los nuestros hicieron fuego, no lograron atraparlos. Un indio que estaba escondido detrás de un matorral hirió con una flecha envenenada a uno de los nuestros en un muslo, y murió poco después. Los nuestros le enterraron y quemaron la cabaña. Juan Carvajo y su escolta sólo pudieron traer al barco a los dos prisioneros. Uno fue al *San Antonio* y otro vino al *Trinidad*.

Yo hice algunas averiguaciones sobre las costumbres de los indios patagones. Por muy salvajes que sean, tienen su ciencia médica. Por ejemplo, para aliviar el dolor se hacen un corte en la zona dolorida para que mane la sangre. Creen que la causa del dolor es quela sangre no quiere sujetarse en un sitio, y por eso hay que darle salida. Si les duele el estómago, se introducen una flecha bien adentro de la boca hasta provocarse el vómito y arrojar una materia verdosa y sanguinolenta. Lo verdoso es por un cardo que comen.

HACIA EL POLO ANTÁRTICO

Como dije, permanecimos en Puerto San Julián cinco meses. Vencido lo más crudo del invierno, el 21 de agosto dejamos el lugar y la flota puso rumbo sur costeando la Patagonia. Sufrimos una tempestad con vientos furiosos y mar tan gruesa que la flota estuvo a punto de irse a pique. Pero san Telmo, patrón de los navegantes, se apiadó de nosotros y pudimos llegar a un profundo estuario[34] donde desembocaba un gran río, al que llamamos río Santa Cruz. El almirante no dejaba de creer que tenía que haber un paso oculto al mar que había descubierto Núñez de Balboa. Pero habíamos bajado desde Brasil y aún no habíamos dado con él.

Permanecimos en ese lugar casi dos meses reparando los barcos y repostando agua, leña y peces. Antes de abandonar Santa Cruz el capitán mandó que todos nos confesásemos y comulgásemos como buenos cristianos. Nos hicimos de nuevo a la mar, rumbo al polo Antártico, y el 21 de octubre doblamos un cabo que llamamos de las Once Mil Vírgenes, porque a ellas dedica la iglesia ese día, y entramos en una bahía.[35] La tripulación no creía que estuviese allí el paso al mar del oeste, pero el hábil y valeroso capitán Magallanes sabía que tenía que haber un estrecho muy oculto. Envió la nao *San Antonio* y la *Concepción* a explorar el final de la bahía de aguas oscuras. Entre tanto la almiranta y la *Victoria* echaron anclas y aguardamos a la entrada su regreso.

Esa tarde se alzó viento fuerte y helado y de noche se desató una terrible borrasca.

—¡Levad anclas! —ordenó el almirante.

Para no irse al fondo, fue preciso retirar las anclas y dejar las dos naves a la deriva, a merced del viento furioso y del violento oleaje que nos arrastraron dentro de la bahía. Entre rezos y reniegos, dábamos por segura nuestra muerte.

—Padre nuestro, que estás en los cielos...

—¡Tantas calamidades para morir tan lejos!

Treinta y seis horas después se calmó la tempestad y esperamos el regreso de los dos barcos exploradores, pero pasaron dos días más y no aparecieron. Ya casi estábamos convencidos de que se habían roto contra los acantilados o los había tragado la mar, cuando al quinto día de haberse separado, el vigía dio un grito de alegría:

—¡Ya vuelven!

Y así era. Vimos a los dos navíos venir a toda vela con el pabellón desplegado en lo más alto. Cuando estaban más cerca dispararon varios cañonazos y los marineros hacían señales de alborozo y daban voces de alegría. Los capitanes subieron a bordo de la almiranta y saludaron con alborozo al capitán Magallanes.

—Dios os salve, señor Capitán General. ¡Denos albricias! —dijo Álvaro de Mezquita, que era el capitán del *San Antonio* tras la muerte de Juan de Cartagena.

—Dios os salve, primo —respondió contento el capitán Magallanes—. Bienvenidas las buenas noticias.

—Señor, creo que hemos dado con el paso al otro mar.

—Gracias a Dios. ¿Cómo fue eso?

—Señor —respondió el piloto de la nave *Concepción*—, al final de esta bahía se abre un canal de aguas muy profundas entre altas montañas cubiertas de nieve. Nos adentramos en el canal cien millas y salimos a otra bahía. La cruzamos y al fondo se abren dos canales, los dos de agua salada. Uno de ellos, o los dos, debe de dar al mar deseado.

—Dios lo quiera.

El primer viaje alrededor del mundo

EL PASO DEL ESTRECHO

La flota se internó en el estrecho, que el capitán llamó de Todos los Santos,[36] dio en la bahía conocida y llegó a donde se abrían los dos canales recién descubiertos. Como todas las tardes, los capitanes de las tres naves vinieron a la almiranta a rendir informes y recibir órdenes. El capitán Magallanes les expuso la decisión que había tomado. Se dirigió a los capitanes del *San Antonio* y del *Concepción* y les dio esta orden de explorar el canal sureste.

—Yo iré por el canal oeste, con la *Victoria*. Dentro de cuatro días nos reunimos todos aquí.

Y así se hizo. Nosotros entramos en el canal oeste y llegamos a la desembocadura de un río que llamamos de las Sardinas, por la gran cantidad que vimos en aquellas frías aguas. Anclamos y enviamos una chalupa muy bien equipada canal adelante a explorar el final del estrecho.

En este estrecho en el que estábamos el espectáculo de la naturaleza era admirable. Cada poco se abrían puertecitos seguros, con agua excelente que bajaba de los neveros perpetuos. En tierra había hierbas buenas para comer, sobre todo una especie de apio dulce. Vimos bosques de cedros y altas montañas nevadas. Vimos muchos pájaros, lobos marinos y peces voladores. Estos peces miden casi dos palmos, y cuando son perseguidos, salen del agua, despliegan las aletas, que son largas y les sirven de alas, vuelan como hasta un tiro de ballesta y se zambullen de nuevo en el agua. Pero lo más sorprendente era la abundancia de pesca, sobre todo sardinas y maris-

De Patagonia al océano Pacífico

cos. Creo que no hay en el mundo otro estrecho mejor que el de los Patagones.

Sin embargo no vimos a ningún habitante, aunque los había, porque de noche se podía ver alguna hoguera lejana. Por ese motivo el almirante llamó al lugar Tierra de Fuego. Mientras estuvimos fondeados esperando a los exploradores de la chalupa, los marineros se ocuparon en hacer una gran pesca y salar el pescado.

Al cabo de tres días regresaron los de la chalupa y al acercarse a nuestro barco movían los brazos y gritaban: «¡El mar, el mar!»

Oímos aquellas palabras deseadas con tanta emoción que unos se abrazaban, otros quedaron mudos y paralizados, y todos lloramos de alegría. Hasta al mismo almirante se le saltaron lágrimas de contento. Por fin, quince meses y medio después de dejar Sevilla, recorrer miles de leguas y padecer mil calamidades, habíamos dado con el paso para dar la vuelta al mundo.

Según lo acordado, volvimos a la bahía donde se bifurcaban los dos canales, pero sólo encontramos al *Concepción*. Del *San Antonio*, nada se sabía.

—Iba delante y en la noche desapareció —dijo Juan Serrano—. Ya no lo vimos más.

El almirante Magallanes se mostró preocupado. ¿Cómo pudo haber desaparecido?

—No había mala mar —dijo para sí.

La pérdida del *San Antonio* era muy desgraciada, pues era la nave que cargaba más víveres, cañones y hombres. El almirante decidió su búsqueda y encargó la empresa al capitán del *Victoria*.

El primer viaje alrededor del mundo

—Id por el estrecho del sureste. Si no lo encontráis, plantad una bandera en un sitio alto y dejad al pie una olla con una carta indicando la ruta que tomamos. Os esperamos aquí.

Zarpó el *Victoria* en busca del *San Antonio* y volvió sin noticias dos días después.

—Capitán, ni lo hemos visto ni hay señales de naufragio.

El almirante Magallanes quedó tan confuso que por primera vez me pareció que no sabía qué determinar. Le costaba aceptar una traición del capitán Álvaro de Mezquita, porque era primo suyo y hombre de confianza. Aún perdimos varios días esperándolo, pero fue en vano.

De todo esto tomé nota en mi diario de viaje, pero hoy, cuando escribo esta crónica para mandarla a la imprenta, puedo decir lo que pasó. Antes de emprender el viaje, Esteban Gómez había aspirado a mandar un barco de la flota, pero sólo había conseguido la plaza de piloto del *San Antonio,* y por eso odiaba a Magallanes. Su despecho encontró entonces la ocasión de vengarse. Se compinchó con unos marineros descontentos para hacerse con el mando del barco. Reforzó el velamen para dejar atrás al *Concepción,* y llegada la noche, que en esas fechas del año allí duraba sólo tres horas, se amotinó con sus secuaces, prendió al capitán Álvaro de Mezquita, viró en redondo la nao y, sin que lo vieran desde el otro, deshizo el camino y puso proa a España por la misma ruta que habíamos hecho.

Así pues, de los cinco navíos que habían salido de Sevilla, sólo quedaban tres. Dimos, pues, por

De Patagonia al océano Pacífico

perdido el *San Antonio,* y el almirante Magallanes ordenó seguir viaje hacia poniente por el estrecho canal. En las noches rasas veíamos en medio de una nebulosa[37] de luceros, dos estrellas muy grandes y brillantes que indican el polo antártico. Como podéis suponer, el polo sur no tiene las mismas estrellas que el ártico.

VOCABULARIO PATAGÓN

Desde que lo apresamos en Puerto San Julián, yo traté mucho al gigante patagón. Lo cuidaba y le enseñaba palabras castellanas, y él me las traducía a su lengua. En cuanto me veía coger papel y pluma, se acercaba arrastrando los grilletes de hierro para decirme el nombre que su gente daba a los objetos y a las acciones que veía hacer. Se ayudaba de gestos y pantomimas. Tocándose la cabeza, decía: *her;* el ojo, *oter;* la nariz, *or...*

—*Shiagen* —dijo, señalando el culo.

Así hice un pequeño diccionario de palabras patagonas. Os digo algunas, por si tenéis curiosidad: *hoi* es pez; *holi,* agua; *aro,* mar; *setebos,* diablo... También anoté los verbos que indican los actos más comunes.

—Comer —le decía, haciendo con los dedos juntos el gesto de meter alimentos en la boca.

—*Meciere* —traducía él.

—Mirar —le decía yo, dirigiendo la vista a un lado y a otro.

—*Conne* —contestaba él.

El primer viaje alrededor del mundo

Una vez me dijo con mucha risa, reproduciendo los movimientos inequívocos de la cópula: *Tor*

El patagón me contó bastantes cosas de su pueblo. Me enseñó cómo hacían el fuego: frotaban un palo puntiagudo sobre una madera blanda y el calor producido hacía arder una corteza colocada junto al punto de frotamiento. Otra cosa que averigüé es que los indios patagones sólo creen en el demonio. Cuando alguien está a punto de morir, se presenta Setebos, que es el jefe de los demonios y el que más ruido hace, con diez o doce *cheleules,* que son también demonios, y empiezan todos a bailar y a cantar alrededor del moribundo. Haciendo gestos y mezclando palabras suyas con palabras castellanas, el patagón me contó que había visto una vez un demonio con la cara pintada, cuernos, una pelambrera hasta los pies y llamas que echaba por delante y por detrás.

EL OCÉANO PACÍFICO

Surcando el estrecho a lo largo de 440 millas, la flotilla llegó, por fin, al final del paso y salimos a mar abierto. De nuevo salió de todas las gargantas el grito alegre del descubrimiento.

—¡El mar, el mar!

Allí estaba el mar buscado, quieto como un lago. Era miércoles, 28 de noviembre de 1520. Durante tres meses y veinte días navegamos en aquel mar que tanto nos había costado encontrar, pero en todo ese tiempo permaneció tan calmo y sereno, que lo llamamos océano Pacífico.

CAPÍTULO 3

DE LA TIERRA DE FUEGO A LAS FILIPINAS

Si al salir del estrecho de la Tierra de Fuego hubiésemos seguido hacia el oeste por el mismo paralelo, habríamos rodeado el polo Antártico y dado la vuelta al mundo. Pero pusimos proa al noroeste, hacia las islas de la Especiería, según los cálculos de nuestro astrónomo Martín Sevilla y de los pilotos.

HAMBRE Y ENFERMEDAD

Cada día recorríamos de sesenta a setenta leguas. El mar era verdaderamente Pacífico, como lo llamamos, pero tan inmenso que no es fácil abarcarlo por ningún espíritu humano. Si Dios no nos hubiese favorecido con una navegación feliz, todos habríamos muerto de hambre y enfermedad. No creo que nadie en el futuro se atreva a repetir semejante viaje. Todas las calamidades que habíamos pasado eran poco en comparación con las que sufrimos en aquella travesía. Pasaban los días, uno tras otro, el mar liso, el sol ardiente y el horizonte redondo, sin ver

El primer viaje alrededor del mundo

tierra ni pájaros, ni maderos, ni plantas que la anunciasen. El agua de beber que había en los toneles estaba medio podrida y olía muy mal. En tres meses no probando clase alguna de viandas frescas, sólo la galleta,[38] que se deshizo en polvo, se llenó de gusanos y se empapó de orines de rata. Las repugnantes ratas eran un manjar tan preciado que se pagaba medio ducado por cada una. Pasamos tanta hambre que para llenar el estómago acabamos comiendo serrín mezclado con la galleta. Lo último fue engullir el cuero de vaca con que se forra el palo mayor para que las cuerdas no se rompan al rozar con la madera. Como este cuero llevaba mucho tiempo expuesto al agua y al sol, era tan duro que había que remojarlo cinco días en el mar para ablandarlo. Luego se tostaba sobre brasas y se comía.

Pero peor que el hambre fue la enfermedad.[39] Veinticinco hombres sufrían fuertes dolores en brazos, piernas y otras partes del cuerpo, de modo que apenas podían andar, o yacían en los jergones sin moverse, aunque luego sanarían. A otros les empezaron a sangrar las encías y a hincharse de tal manera que los dientes sobresalían de la boca, y no podían probar bocado. Por esto murieron diecinueve, entre ellos el gigante patagón. Aquel buen hombre había aprendido cosas de nuestra religión y cuando se puso a las puertas de la muerte, besó un crucifijo y pidió ser bautizado. Le dimos el nombre de Pablo. Yo tuve mucha suerte y gracias a Dios no sufrí ningún mal.

De la Tierra de Fuego a las Filipinas

LAS ISLAS INFORTUNADAS

A los cincuenta y seis días después de salir del estrecho, el 24 de enero de 1521, ¡al fin!, avistamos tierra, pero era una isla desierta y estaba tan cercada de arrecifes que ni siquiera pudimos acercarnos. Pasamos de largo y a poco un marino voceó la palabra deseada.

—¡Tierra! ¡Tierra!

Fue otro duro desengaño, porque era otra isla tan desierta como la anterior y aunque quisimos acercarnos, no encontramos fondo a lo largo de su costa para echar el ancla. Con razón, pues, las llamamos Islas Desafortunadas.

Siempre rumbo oeste noroeste y tras pasar la línea del ecuador, llegamos a los 20 grados de latitud norte, cerca de una isla que se llama Cipango.[40] Luego recorrimos doscientas millas al oeste, cambiamos al suroeste y a los tres meses y veinte días de tranquila navegación, sin sufrir ninguna tempestad, el 6 de marzo de 1521 avistamos tres islas montañosas a las que daríamos el nombre adecuado: islas de los Ladrones.

LAS ISLAS DE LOS LADRONES[41]

Nos acercamos a la isla más grande para repostar agua y alimentos frescos. Los nativos salieron a recibirnos maravillados de vernos, porque nunca habían visto barcos tan grandes ni hombres tan extraños. Eran hombres fornidos y de piel aceitunada, iban desnudos, algunos llevaban barbas largas y el pelo lo anudaban sobre la frente, pero por detrás les caía hasta la cintura. Se acercaron en canoas a nuestro barco, subieron y, sin que pudiéramos impedirlo, empezaron a robarnos lo que podían. Se llevaron hasta la chalupa atada a popa. Además, querían obligarnos a ir a tierra. Al ver todo esto, el capitán Magallanes, irritado, llamó al oficial de guerra.

—Reúne a cuarenta hombres sanos y que se armen. Vamos a castigar a estos ladrones.

De nuestro barco y de los otros bajaron a tierra cuarenta hombres armados con casco, coraza, escudo, flechas y espadas. Los nativos ni siquiera conocían el arco y no tenían más armas que lanzas con punta de hueso de pescado. Poco daño, pues, podían hacernos. Al sentir la flecha clavada en su cuerpo, los desdichados tiraban de ella con desesperación, causándose desgarros y una herida mayor, y después de arrancarse la flecha, la miraban con extrañeza. Nos daban lástima. Matamos a siete hombres y quemamos muchas canoas y unas cincuenta casas. Recuperamos la lancha robada.

Por lo que pude averiguar, los habitantes de la isla no tenían leyes, ni jefes, ni adoraban nada. Vivían en cabañas de madera techadas con grandes hojas de plátano. Como dije, los hombres eran fuertes, se coloreaban de negro y rojo los dientes para estar guapos y eran buenos nadadores. Su diversión favorita era pasearse con sus mujeres en canoas parecidas a las góndolas venecianas, aunque más estrechas y pintadas de negro, blanco o rojo. Las mujeres eran de buena talla e iban también desnudas o con una blanda tira de hoja de palma, delgada como el papel, cubriendo sus partes genitales. Sus cabellos negros y lacios les llegaban hasta los pies. Además de las faenas caseras, hacían esteras y cestas con hojas de palmera.

Después de aquellos sucesos hostiles, no era prudente detenerse a descansar en la isla. Pudimos hacer aguada y saciar la sed de agua limpia y fresca, y tomar frutas saludables, pero no hacer gran acopio. Cuando los nativos se dieron cuenta de que nos disponíamos a partir, se acercaron en más de cien canoas a vendernos pescado. Nos enseñaban los peces para que se los compráramos, pero levamos anclas y pasamos a toda vela entre ellos. Algunos nos tiraban piedras. Desde la borda vi a unas mujeres que lloraban y se arrancaban los cabellos, probablemente desesperadas porque habíamos matado a sus maridos.

LA ISLA DE LOS COCOTEROS

A unas trescientas millas de las islas de los Ladrones avistamos al amanecer del lunes 16 de marzo una isla montañosa y muy arbolada. Por prudencia el almirante decidió esperar al día siguiente para bajar a tierra. Quería comprobar si el lugar era seguro y favorable para hacer aguada, encontrar alimentos y reponernos del largo y penoso viaje.

Y así se hizo. Al día siguiente desembarcamos y se montaron dos tiendas para los enfermos. Luego el capitán mandó matar una cerda que habíamos cogido en la isla de los Ladrones. Al día siguiente por la tarde vimos llegar a la playa una barca con nueve hombres.

—Que nadie hable sin mi permiso —ordenó el capitán Magallanes—. Ni se mueva.

Los nativos saltaron a tierra y su jefe hizo gestos de alegría por vernos. Magallanes, con su heroica cojera, se adelantó a saludarle. Como los vio tan pacíficos, los invitó a comer, y al acabar la comida les dio gorros rojos, espejitos, cascabeles y otras bagatelas.[42] Ellos quedaron tan encantados con la acogida del capitán que fueron en canoa a buscar a más gente y volvieron algún tiempo después con pescados, bananas, dos cocos muy sabrosos y *uroca*, que era vino de cocotero. Por señas nos dijeron que era todo lo que tenían ese día.

—*Uroca, uroca*.

Así llamaban al vino, que igual que el nuestro de uvas, alimentaba y daba contento.

La isla estaba poblada de cocoteros, una variedad de palmera que vive un siglo y cuyos frutos son del tamaño de la cabeza de un hombre. El coco tiene dos cortezas, una fibrosa con la que se trenzan cuerdas y otra muy dura que se usa para hacer tazas. Dentro hay una pulpa blanca del grosor de un dedo que se come con la carne y el pescado como si fuera pan, y un líquido dulce, transparente, vivificador, pues da vigor al desfallecido. Si se mezcla la pulpa con el licor hasta que fermenta y luego se cuece, se obtiene un aceite espeso como la manteca. Para obtener el *uroca*, los isleños hacen un corte en la copa del cocotero y de la médula del árbol cae gota a gota un mosto blanco y algo agrio, que se recoge en un recipiente. El líquido y el vino de coco hacían mucho bien a los enfermos.

Os diré algo de la gente de aquella isla. Era honrada y amable. Para mostrarnos su amistad, llevaron a nuestro capitán a un almacén donde guardaban clavo, canela, pimienta, nuez moscada y otras especias. Magallanes les correspondió invitándolos a subir a la nao *Trinidad,* y como todo lo que veían era para ellos una novedad, no dejaban de asombrarse. Cuando se despedían para volver a tierra, el almirante llamó al maestro artillero, que como ya dije era el único inglés de los que embarcamos en Sevilla, para que se dispusieran a disparar un cañón.

—¿Listo?

—Sí, capitán.

—¡Fuego!

Al oír el estruendo aquellos isleños se espantaron tanto que algunos dieron gritos pavorosos y varios de ellos se lanzaron por la borda.

El viernes 22 vinieron con dos canoas llenas de cocos, naranjas, arroz (lo llamaban *umay*), un gallo y un cántaro repleto de *uroca*. Se lo compramos todo.

Pasamos ocho días en esta isla. El almirante bajaba todos los días a tierra a visitar a los enfermos y se entrevistaba a menudo con el jefe, un anciano con el rostro pintado y pendientes de oro en las orejas. Con palabras y gestos yo preguntaba el nombre que daban a las cosas y lo anotaba en mi cuaderno. A esta isla la llamaban Zuluán. A Zuluán y a las islas cercanas les dimos el nombre de San Lázaro.[43]

El primer viaje alrededor del mundo

El 25 de ese mes de marzo, lunes de Pascua, corrí un gran peligro. Estábamos a punto de hacernos a la mar y yo me puse a pescar. Coloqué el pie sobre la verga, el madero al que se ata la vela, y como estaba mojado por la lluvia, resbalé y caí al agua sin que nadie me viese. Por suerte, colgaba fuera del casco una cuerda de la vela, me agarré a ella y grité con fuerza hasta que me oyeron y me rescataron.

EL RAJÁ[44] DE MASSANA

Al tercer día de navegación vimos durante la noche hogueras en el horizonte y por la mañana pusimos proa a la isla. Al acercarnos, nuestro vigía dio la voz de aviso:

—¡Canoa a babor!

Venían en ella ocho remeros, sin más ropa que una hoja de palma tapándoles las partes. Se detuvieron a cierta distancia, asombrados del tamaño de los tres buques. El capitán Magallanes llamó a Enrique, el esclavo nacido en Sumatra, y le mandó que los invitara a subir.

—Señor capitán, no se atreven —dijo Enrique, que lograba entenderse con ellos en lengua malaya—. Tienen miedo.

—Pregúntales cómo se llama la isla.

—Dicen que se llama Butuán —dijo el intérprete.

Entonces el capitán mandó arrojarles un gorro rojo y otras fruslerías atadas sobre una tabla, que ellos recogieron muy contentos.

De la Tierra de Fuego a las Filipinas

—Ahora dicen que van a avisar a su rey —tradujo Enrique.

Fondeamos no lejos de la orilla y dos o tres horas después vimos venir hacia nosotros dos *balangáis* llenos de hombres. Los nativos llaman balangáis a sus barcos grandes. En uno de ellos, bajo un dosel de esteras, se sentaba el rey de la isla. Enviamos la chalupa a recogerlo y subió a bordo con un séquito de siete personajes importantes. Se hicieron las presentaciones con mucha cortesía.

—Don Fernando de Magallanes.

—Colambu, rajá de Butuán y de Massana.

A los reyes de las islas del mar del Sur los llaman rajás. El rajá Colambu es el hombre más guapo que vi en aquellas tierras. Su negra cabellera le caía sobre la espalda, se cubría de la cintura a la rodilla con una tela de algodón bordada en seda, llevaba dos aros de oro en las orejas, tres motas de oro en los dientes y al costado un puñal con mango también de oro. Hablaba varias lenguas y por eso pudo entenderse en malayo con Enrique, el esclavo del capitán.

Tras los saludos, hubo intercambio de regalos. El rajá traía tres vasijas de porcelana llenas de arroz crudo, dos grandes doradas y otras cosas. Nuestro almirante le entregó una túnica amarilla y roja a la moda turca y a sus servidores espejos, cuchillos y otras cositas. Luego les enseñó el barco y en el castillo[45] de popa le explicó con ayuda del intérprete el funcionamiento de la brújula, y después sobre un mapa el largo viaje que habíamos hecho. Para acabar de impresionarlos le enseñó las armas que teníamos y la manera de usarlas.

El primer viaje alrededor del mundo

—Ponte una armadura completa —dijo a un tripulante.

El hombre se puso el peto, las musleras, los brazaletes y las manoplas de hierro, y por último se caló el casco. Colambu y su séquito contemplaban admirados las piezas y la transformación del hombre bajo la armadura.

—Atáquenle —ordenó el capitán a tres hombres.

Los tres empezaron a darle puñaladas y fuertes sablazos. Pero los golpes no sólo no le hacían ningún daño, sino que ni siquiera hacían mella en la férrea armadura. Admirado de todo lo que acababa de ver, el rajá Colambu hizo un comentario que nos tradujo Enrique:

—Dice que un hombre así puede combatir contra cien.

—Dile —ordenó el capitán al intérprete— que en cada navío hay docenas de hombres armados.

Antes de que el rajá se fuera, el capitán llamó al cañonero jefe y le mandó cargar cinco cañones.

—¡Fuego!

El estampido de los cañonazos espantó al rajá y a sus ministros, y causó tanto pánico a los que estaban en la playa, que huyeron despavoridos y en desbandada. El rey Colambu, muy impresionado por todo lo que había visto y oído, invitó al capitán a conocer su poblado. Pero el almirante, quizás para afirmar su poder, declinó la invitación y prometió aceptarla otro día, pero en su lugar me envió a mí porque sabía mi afición por averiguar y conocer la vida y costumbres en las tierras que descubríamos y yo le había demostrado desde el primer momento ser digno de su confianza.

—Id vos, Pigafetta. Os van a tratar a cuerpo de rey. Y no perdáis ripio.

Y, en efecto, en compañía de un piloto embarqué en el balangay del rey Colambu. Os contaré brevemente el magnífico recibimiento que nos hicieron.

Nada más bajar a tierra el rajá Colambu elevó las manos al cielo y nosotros hicimos lo mismo. Era un gesto de gratitud a Dios, supuse, como una oración, pues los de aquellas islas creían en un Ser Supremo que moraba en lo alto, al que llamaban Abba. Luego el rajá me tomó de la mano y uno de sus ministros hizo lo mismo con mi compañero. Seguidos de un grupo de guerreros con escudo y lanza, nos llevaron al palacio real. Los hombres, mujeres y niños del poblado salían a recibirnos y nos miraban con gran curiosidad. Las mujeres vestían una faldeta de corteza de árbol, se pintaban el cuerpo y adornaban sus orejas con aretes de oro.

La cabaña real se levantaba sobre cuatro gruesas vigas que la aislaban del suelo. Todas las casas del poblado estaban construidas así, sobre pilares de madera para evitar la humedad y las inundaciones. El techo era de hojas de plátano. Bajo el piso de las cabañas andaban los cerdos y las gallinas, y por los alrededores perros y gatos.

Por señas, que era como nos entendíamos, el rajá nos invitó a subir las escaleras y entrar en su cabaña. A donde fueres, haz lo que vieres, así que nos sentamos con las piernas cruzadas en el suelo, sobre

El primer viaje alrededor del mundo

esteras, como es costumbre en aquellas tierras. Yo quedé colocado entre el rey y su hijo.

La cena fue larga y abundante, servida en vajilla de porcelana y oro. De primero, sacaron carne cocida en su jugo.

—*Babui, babui* —me decían.

Por sus gestos y gruñidos entendí que la carne era de cerdo, el animal del que más se alimentaban. Yo me interesé por el nombre que daban a las cosas y lo escribía en un papel. Señalé la boca, los dientes, los labios, los ojos, y ellos me iban diciendo sus palabras:

—*Baba, nipin, olol, matta.*

—Cabeza.

—*Capala.*

Hice con los dedos la acción de ingerir los alimentos.

—*Macán* —tradujeron.

Para ellos era un juego muy divertido, y se admiraban de que yo escribiera sus palabras en un papel. De segundo plato «macamos» pescado asado. El tercer plato fue también de pescado, pero en salsa, y el cuarto, de *barax*, que así llamaban al arroz, todo ello regado con tragos de *nionipa*, el vino de coco, el *uroca* de la isla de los Cocoteros. Delante de cada comensal había una jarra de vino.

Lo sorprendente fue el ceremonial de la bebida. Y tan sorprendente, porque me di un gran susto viendo beber al rey Colambu. Después de comerse un primer bocado de *babui*, el rajá elevó las dos manos al cielo, a continuación cogió la taza llena de *nionipa* con la mano derecha, después, de golpe, como movido por un resorte soltó hacia mí el brazo

izquierdo con el puño cerrado, lo que me hizo echarme instintivamente hacia atrás, pues pensé que me iba a arrear un puñetazo, y, por fin, se bebió un largo trago. Finalmente Colambu vació en la jarra el vino que había sobrado en la taza.

Este aparatoso y extraño rito se repetía cada vez que bebía un sorbo: manos al cielo, taza en mano derecha, brazo izquierdo estirado hacia mí con el puño cerrado, trago y, por último, vaciado del resto de la taza en la jarra. Para no ser descorteses, mi compañero y yo hicimos los mismos ejercicios bebedores y con la misma solemnidad, aunque a veces en mitad del sorbo teníamos que contener la risa con mucho disimulo para no ofender a nuestro generoso anfitrión. Y si no os lo imagináis, ensayad en una comida con amigos el estilo Colambu de beber. Como dije, el banquete fue abundante y mi compañero bebió tanto *nionipa* que acabó borracho.

Pasamos la noche bajo un cobertizo, dormidos sobre una estera, en compañía del príncipe heredero y de otras personas nobles. A la mañana siguiente vino el rey Colambu muy temprano y nos invitó a desayunar. Estaba muy contento. Nos dijo que en su isla había pepitas de *baloaín* (oro) del tamaño de una nuez, incluso de un huevo, que se encontraban al cribar la tierra.

Mi compañero y yo nos despedimos con muestra de contento y gratitud y de vuelta al barco informé al capitán de todo lo que me había sucedido y de las cosas que había visto, y anotado en el cuaderno de viaje.

De la Tierra de Fuego a las Filipinas

LA CRUZ EN LA COLINA

En esa isla de Butuán donde estábamos, como en la vecina Massana y otras islas próximas, hay gran variedad de pájaros y de aves: pichones, tórtolas, papagayos, patos... Me hablaron de un ave negra que pone los huevos en la arena para que los incube el sol.

El 31 de marzo, domingo de Pascua, el almirante Magallanes tomó posesión de la isla para España en dos actos solemnes. Bien temprano envió al capellán con unos marineros para buscar un lugar donde decir misa, levantar un altar y colocar una cruz. Fue con ellos el traductor Enrique, porque debía invitar al rey a la ceremonia.

Cuando todo estuvo preparado, desembarcamos unos cincuenta hombres, vestidos lo mejor posible y con armas, aunque sin la armadura completa. En la orilla ya nos esperaba el rajá con su séquito cortesano y mucha gente, y juntos nos encaminamos a la plaza donde se había levantado el altar y una gran cruz de madera con los clavos y una corona de espinas. Al llegar ante ella, nos arrodillamos y lo mismo hicieron todos los indios.

El almirante llamó a Enrique y le dijo:

—Dile al rajá que esta cruz es el estandarte del Emperador. Queremos plantarla en las tierras que visitamos para que los navíos europeos que pasan por aquí no les causen daño.

Enrique lo tradujo y a continuación transmitió la respuesta.

—Colambu dice que le parece bien.

El primer viaje alrededor del mundo

El almirante Magallanes roció con agua perfumada a Colambu y sus jefes. Empezó luego la misa, que seguimos todos con mucha devoción. Los nativos imitaban lo que hacíamos: se arrodillaron, besaron la cruz y adoraron la eucaristía con las manos juntas. En el momento de la consagración los tres navíos dispararon los cañones, con gran sobresalto, tanto como admiración, de los butuaneses. Acabada la misa, hicimos una danza con espadas que agradó mucho a los isleños y unos mosqueteros formados en línea de batalla hicieron varios disparos. Nuestro capitán y el rajá se abrazaron sellando un acuerdo de amistad. Después se celebró un gran banquete a base de *babui* asado. Corrió en abundancia el *nionipa*. Durante la comida el capitán informó al rey Colambu del significado de la cruz y le dijo que si su pueblo la adoraba, ni los rayos ni las tormentas les harían daño.

A media tarde, cuando el sol era algo menos ardiente, fuimos en procesión a través de campos de arroz a una colina cercana, plantamos la cruz y la adoramos todos, cristianos y butuaneses.

Al saber que pensábamos partir, el rey Colambu se ofreció a ir con nosotros para guiarnos por aquel archipiélago, si antes le ayudábamos a recoger el arroz. Aceptó nuestro almirante el trato y envió al día siguiente, de madrugada, a una cuadrilla, pero poco después nuestros hombres estaban de vuelta.

—¿Qué ha pasado?

—El *nionipa*. El rey Colambu y su gente han pasado la noche comiendo y bebiendo en exceso. Están durmiendo la borrachera.

No era de extrañar, porque eran grandes bebedores. Así pues, ese día los nuestros no hicieron nada, pero en los tres siguientes varias cuadrillas trabajaron tan duro con los isleños, que acabaron la recolección del arroz.

LLEGADA A CEBÚ

Según lo acordado, el rey Colambu embarcó en el *Trinidad* para guiarnos a la isla de Cebú,[46] que tenía un buen puerto para avituallarse y una ciudad donde podíamos comerciar. También se embarcó un comerciante moro natural de Siam.[47]

Rumbo sureste, pasamos entre las islas de Ceilán, Bohol, Baybay y Gatigán y el domingo siete de abril entramos en el puerto de Cebú. Como siempre, nuestro barco precedía al *Victoria* y al *Concepción*. Amainamos velas, echamos anclas, izamos el pabellón real y se disparó una cerrada descarga de toda la artillería. Al oír el estampido, la gente que se arracimaba en tierra huyó despavorida.

El almirante Magallanes envió una embajada a saludar al rajá de la isla. Yo, como escribía el diario del viaje, no podía faltar en esta clase de misiones. Llegamos en chalupa a la orilla, donde no había quedado ni un alma, y nos dirigimos a la plaza. Estaba llena de gente, rodeando al rajá y sus jefes, y todos seguían alarmados por los cañonazos que poco antes habían oído. El intérprete los tranquilizó. Les aseguró que los disparos eran nuestra manera de saludar y que hacíamos escala allí para aprovisionarnos y comerciar.

El primer viaje alrededor del mundo

Nos llevaron ante el rey, que era un hombre de cierta edad, pequeño y gordo. Se llamaba Humabón.

Siguiendo órdenes, nuestro intérprete le dijo que íbamos de paso a las Molucas y que queríamos repostar y comerciar.

—Entonces sed bienvenidos —respondió el rey de Cebú en su lengua—, pero debéis pagar un impuesto por llegar a mi tierra.

—Nosotros nunca pagamos impuestos —le dijo Enrique—, porque nuestro rey es el más poderoso de la tierra. Si quieres paz, habrá paz. Si quieres guerra, tendrás guerra.

El comerciante siamés se acercó al rey y le susurró al oído:

—*Cata rajá chita.*

—¿Qué le ha dicho? —pregunté a Enrique.

—Que tenga cuidado.

El rajá Humabón se quedó confundido porque, además, suponía que nosotros éramos portugueses, que ya habían conquistado Calicut,[48] Malaca y las Grandes Indias.

—Si quieres paz, habrá paz. Si quieres guerra, tendrás guerra —insistió nuestro intérprete.

Humabón, muy apurado, dijo que tenía que consultar a sus ministros y que al día siguiente nos daría su respuesta. Mañana (*verna*) nos lo diría.

—*Verna, verna* —repitió algo malhumorado.

Y se fue.

CAPÍTULO 4
LA MUERTE DE MAGALLANES

PAZ Y COMERCIO CON EL RAJÁ DE CEBÚ

Al día siguiente el almirante envió a tierra al escribano y al intérprete para recoger la respuesta del rajá de Cebú sobre si se aceptaba la paz o quería hacernos la guerra.

Volvieron con buenas noticias.

—El rey Humabón acepta la paz.

No sólo no nos cobraba impuestos por comerciar, sino que nos concedía en exclusiva el comercio con su isla. El capitán Magallanes determinó cerrar el acuerdo aquella misma mañana en la nao almiranta. Era 9 de abril de 1521.

La ceremonia fue larga y vistosa. El balangay real se acercó al *Trinidad* y subió a bordo la comitiva isleña. La presidía el príncipe heredero, que era un sobrino del rey, pues Humabón no tenía hijos varones, sino sólo hembras. Le acompañaban el rajá Colambu de Butúan, el comerciante siamés del que os hablé, un ministro y ocho jefes de la isla. Nuestro capitán Magallanes los recibió con mucha dignidad. Invitó al príncipe a tomar asiento frente a él en un sillón de

El primer viaje alrededor del mundo

terciopelo rojo, igual que el suyo, y a los demás les ofreció las sillas de cuero dispuestas alrededor.

—¿Por qué no ha venido el rey Humabón? —preguntó extrañado el almirante Magallanes.

—En este reino —respondió el ministro—, cuando los padres tienen cierta edad, pasan el mando a sus hijos.

Esto escandalizó a nuestro capitán, porque un mandamiento divino es que los hijos honren a sus padres. A partir de aquí, con ayuda del intérprete, Magallanes les relató sin prisas algunos pasajes de la Biblia, que les gustaron mucho. Les habló de nuestros padres comunes Adán y Eva, y de los misterios de nuestra religión, y del significado del bautismo. Excitó tanto su interés que el príncipe heredero manifestó su firme deseo de bautizarse.

—Diles —dijo el capitán al intérprete malayo— que no deben hacerse cristianos por complacerme o por miedo.

Así lo hizo Enrique, que recogió su respuesta:

—Capitán, desean bautizarse por propia voluntad.

—Enrique, diles que sus mujeres deben recibir también el bautismo. Si no lo hacen, caerán en pecado al tener relaciones carnales con ellas.

Todos estaban conformes en ser cristianos y expresaron su confianza en el capitán. Esta buena disposición enterneció a nuestro almirante hasta el punto de que se le saltaron las lágrimas. Luego los abrazó uno por uno.

De pie, Magallanes cogió la mano del príncipe heredero y la de Colambu, y dijo con voz firme:

La muerte de Magallanes

—Yo, el almirante Fernando de Magallanes, por mi fe en Dios y por mi fidelidad al emperador Carlos, prometo la paz perpetua entre España y este reino de Cebú.

El príncipe heredero de Cebú y el rajá Colambu hicieron la misma promesa de paz y amistad con el reino de España.

A continuación se sirvió un almuerzo y se procedió al intercambio de regalos. Ellos traían grandes cestas llenas de arroz, gallinas y carne de cerdo. El capitán obsequió al príncipe con una tela blanca muy fina, un gorro rojo y una taza de vidrio, y a sus acompañantes con diversos objetos.

Este acuerdo era muy necesario para nosotros, que no estábamos en condiciones de entrar en guerra, lo que acarrearía perder hombres, privarnos de víveres y poner en riesgo el viaje a las Molucas. Para vencer las últimas reservas del rajá Humabón el capitán Magallanes me llamó nada más irse el príncipe y me dijo:

—Pigafetta, id a tierra con regalos para el rajá Humabón. Que os acompañe Enrique.

Fuimos en chalupa a la playa y de allí nos llevaron al centro de la villa, donde estaba el palacio real. Como en las islas ya visitadas, las casas de Cebú estaban también levantadas sobre estacas y el espacio que quedaba debajo del piso servía de establo y gallinero para los cerdos, cabras y gallinas.

Humabón me recibió sentado en el suelo sobre una esterilla de palma. Llevaba un velo bordado alrededor de la cabeza, grandes aretes de oro con piedras preciosas en las orejas, un valioso collar y tatuajes en

El primer viaje alrededor del mundo

el cuerpo desnudo. Sólo una tela de algodón envolvía sus genitales. Cuando llegué estaba comiendo un huevo de tortuga y tenía delante cuatro cántaros de vino de palmera cubiertos de hierbas olorosas. Para beber metía una caña hueca en el cántaro y sorbía el vino. Le acompañaba un gran cortejo.

Enrique, el intérprete, le transmitió los saludos de nuestro capitán. Para celebrar el acuerdo de paz y amistad, yo le entregué una túnica de seda amarilla y violeta, un gorro rojo, tazas de cristal y varios hilos con cuentas de vidrio. Yo mismo le puse la túnica y el gorro rojo. El rajá —ya dije que era pequeño y gordo— se vio muy elegante y nos invitó a comer huevos y a beber con las cañas. No pudimos negarnos. Estaban allí su sobrino, personajes de su corte y cuatro muchachas muy bonitas y casi tan blancas como las europeas, dos completamente desnudas y otras dos con una faldita de fina corteza de árbol. Las cuatro llevaban un velo alrededor de la cabeza y un cilindro de madera atravesando el lóbulo de la oreja. Mientras comíamos nos obsequiaron con una extraña música de los instrumentos que tañían. Una golpeaba un tambor, otra manipulaba unos timbalitos que producían dulces acordes y las otras dos chicas golpeaban unos timbales de metal con palillos cuyas puntas estaban forradas con tela de palma. Estos timbales estaban hechos en China, se llaman *agong* y servían también de campana. Las muchachas llevaban muy bien el ritmo porque eran muy expertas.

En los días siguientes nos afanamos en preparar un almacén en una casa de la plaza y en desembarcar las mercancías para el trueque. La gente era

La muerte de Magallanes

muy hospitalaria, nos saludaba y nos invitaba a comer y beber. En todas esas islas cuecen mucho los alimentos, y como abusan de la sal, beben mucho y a todas horas. Los indígenas de Cebú suelen pasarse cinco o seis horas diarias a la mesa. Viven dedicados a la ociosidad y al placer. La música les gusta mucho y no era difícil oír el redoble de los timbales, las vibraciones de una especie de violín con cuerdas de cobre y el agudo sonido del *subin*, un instrumento parecido a nuestras gaitas. Algunas nativas nos preferían a sus maridos. No es de extrañar, pues, que algunos de los nuestros comentaran que la vida de estas gentes era más regalada y placentera que la nuestra, que sufríamos las estrecheces y penurias del barco, los peligros de la mar, la incertidumbre de llegar a las Molucas y las muchas calamidades que aún tendríamos que pasar antes de regresar a la lejana España.

—Si volvemos.

—Podíamos quedarnos aquí para siempre.

Los nativos de Cebú usan balanzas, que llaman *timbán*, tienen medidas de longitud y de capacidad, y son muy cuidadosos al pesar y medir las cosas. Cuando abrimos el almacén, se admiraban de los objetos de hierro, bronce y vidrio que exponíamos. A cambio de ellos recibíamos arroz, cerdos, cabras y otros productos comestibles, pues en esa isla hay abundancia de maíz, mijo, calabazas, naranjas y limones, caña de azúcar, nueces, ajos, miel... ¡Y mucho oro! Por una libra[49] de hierro nos daban una pieza de oro equivalente a un ducado. Pero el capitán prohibió mostrar demasiado interés por el oro para no arruinar en el futuro nuestro comercio con ellos. Además de cerdos, cabras y gallinas, hay en la isla perros y gatos, que también se comen. Con el trueque de mercaderías era inevitable intercambiar gestos y palabras, porque había que pesar objetos y *barax* (arroz), *dana* (maíz), *mana* (canela), etc. Y contar: uno, dos, tres... diez, es decir:

—*Uso, dua, tolo, upat, lima, onom, pitto, gualu, ciam, polo.*

RITOS FÚNEBRES

En mi diario de viaje anoté el 10 y el 11 de abril la muerte de dos marineros. A pesar de la alimentación y de los cuidados de las últimas semanas, no lograron superar la enfermedad contraída durante los tres meses de penosa y famélica navegación en el mar Pacífico. Los enterramos cristianamente en una esquina de la plaza de la villa. El capellán bendijo la sepultura y allí quedó plantada una cruz.

Los nativos de Cebú entierran a sus muertos en cementerios cerrados y cubiertos con tablones. Yo tuve ocasión de asistir a la singular ceremonia fúnebre por la muerte del jefe de una ciudad, al que respetaban mucho. En medio de una sala de la casa, bajo un dosel de ramas de árboles atadas a unas cuerdas de las que colgaban telas de algodón, yacía en una caja el cadáver. Alrededor del ataúd se sentaban las mujeres del difunto y las mujeres de otros jefes, todas cubiertas con un trapo blanco, cada una con una criada que la abanicaba. Su semblante era muy triste. En numerosos braseros distribuidos por la habitación se echaba de vez en cuando mirra y estoraque[50] que esparcían olor muy agradable.

    La ceremonia de duelo fue larga y muy impresionante. La mujer principal del difunto se tendió sobre el cadáver, y se acopló a él de tal manera que colocó su boca sobre la boca del difunto, las manos sobre las manos y los pies sobre sus pies del cuerpo muerto. He dicho la mujer principal, porque los hombres pueden tener tantas mujeres como quieran, pero hay una que es la principal. Entonces una mujer con un cuchillo se colocó a la cabecera del ataúd y cortó un mechón de cabellos del muerto. Mientras lo hacía, la mujer principal lloraba. Luego la mujer del cuchillo se paraba, y entonces la mujer principal cantaba una sentida salmodia que parecía alegre y triste. Estas acciones de tenderse la mujer principal sobre el cadáver de su hombre, cuerpo con cuerpo, el canto y el corte de pelos, se repetían varias veces durante cinco o seis días. En ese tiempo el cadáver permanecía en el mismo lugar. Yo creo que lo embalsamaban para que no se corrompiera. Acabados los días de duelo, lo llevaban al cementerio, cerraban la caja con clavijas de madera y lo enterraban.

CONVERSIÓN DE INFIELES

Como el rey Humabón había prometido hacerse cristiano, se preparó la ceremonia del bautismo para el domingo 14 de abril. Se plantó en mitad de la plaza una gran cruz y se levantó un tablado adornado con tapices y ramas de palmeras. En la mañana de ese

El primer viaje alrededor del mundo

día saltamos a tierra cuarenta hombres, momento en el que los navíos dispararon toda su artillería, causando gran susto entre los isleños que nos esperaban en la orilla. Al frente de la comitiva iban dos hombres armados de pies a cabeza dando escolta al pendón del emperador Carlos, luego nuestro capitán Magallanes y tras él los demás. Rodeados de los isleños llegamos a la plaza. Nuestro capitán abrazó al rey Humabón, subieron ambos al tablado y se sentaron en sendas sillas de terciopelo verde y azul. Los jefes de la isla se sentaron alrededor sobre cojines y esteras.

El intérprete hizo su trabajo en voz alta.

—Cuando seas cristiano, vencerás a tus enemigos con más facilidad —dijo nuestro capitán al rey.

—Estoy contento de hacerme cristiano —respondió Humabón—. Pero hay jefes en esta isla que no se someten a mi autoridad.

—¿Quiénes son?

El rajá los señaló y Magallanes ordenó que se acercaran.

—Enrique, diles a estos hombres que si no acatan la autoridad del rey Humabón, confiscaré sus bienes y los mataré.

Así lo hizo Enrique y, ante la amenaza, los jefes insumisos prometieron aceptar la autoridad de Humabón.

—Para ser cristiano —dijo el capitán—, tienes que destruir tus ídolos y colocar la cruz en su lugar.

—Estoy conforme —contestó el rajá, que estaba muy bien dispuesto para instruirse en todos los misterios y deberes de la nueva fe.

La muerte de Magallanes

Le impusieron una túnica blanca y el capellán le echó agua bendita en la cabeza y lo bautizó con el nombre de nuestro emperador:

—Carlos, yo te bautizo en el nombre del Padre, del Hijo y del Espíritu Santo.

A continuación se bautizó a su sobrino el heredero, a Colambu, al mercader siamés, a varios jefes y a unas quinientas personas. Tras la larga ceremonia se dijo misa, y al acabar nos retiramos a comer y descansar. Magallanes invitó al rey Carlos a comer a bordo de la nao capitana, pero el rajá se excusó.

Por la tarde se repitió la solemne ceremonia del bautismo de la reina de Cebú, sus damas y otras mujeres. La reina era joven y bella, llevaba un vestido blanco y negro, y se cubría la cabeza con un gran sombrero de hojas de palmera, a modo de sombrilla o quitasol sobre el que se superponían tres coronas. Su boca y las uñas estaban pintadas de rojo vivo. Vino rodeada de sus damas, todas de blanco, con un pequeño velo debajo del sombrero. En el tablado, ante la cruz, el cortejo real renunció a los ídolos, adoró la cruz y, una por una, las mujeres recibieron el agua bendita y el nuevo nombre cristiano.

—Juana, yo te bautizo en el nombre...

La reina recibió el nombre de Juana; la mujer del heredero, Catalina, y la reina de Massana, Isabel. Yo regalé a la reina Juana la talla de un virgencita con el Niño en brazos para que la colocara en lugar de sus ídolos. Aquella tarde se bautizó a más de ochocientas personas, entre hombres, mujeres y niños.

Los ídolos que veneran en la isla de Cebú son figuras humanas con los pies hacia arriba, piernas

El primer viaje alrededor del mundo

y brazos separados y una gran cara de la que salen cuatro coloridos colmillos de jabalí.[51] Aunque todos los bautizados habían prometido destruirlos, en los días siguientes comprobamos que no sólo se resistían a hacerlo, sino que seguían haciéndoles sacrificios conforme a sus antiguos ritos. De nada servían nuestras reprimendas. En una aldea se negaron a sustituir su ídolo por la cruz y en castigo les quemamos las casas.

Sin embargo, una curación milagrosa les animó a deshacerse de muchos fetiches. El hombre más sabio de la isla era sobrino de Humabón (de ahora en adelante lo llamaré Carlos) y había caído tan enfermo que no podía ni hablar. Enterado el capitán, dijo al rajá Carlos:

—Si tu sobrino cree en Jesucristo, se bautiza y destruye sus ídolos, sanará.

—Veamos —dijo el rey.

Fuimos a casa del enfermo y lo encontramos postrado y sin poder decir palabra. El capitán le explicó con amabilidad las ventajas de hacerse cristiano y él aceptó convertirse. Recibió el bautismo, y con él dos de sus mujeres y sus diez hijos. Después de esto, el capitán Magallanes preguntó al enfermo:

—¿Cómo estás?

Y con no poca sorpresa le oímos pronunciar una palabra en su lengua.

—Ha hablado.

—Dice que está mejor —tradujo Enrique.

A todos nos pareció milagroso que hubiera recuperado el habla y dimos gracias a Dios. Para facilitar su curación, el capitán le envió un colchón, sábanas, una almohada y refrescos. Al quinto día el enfermo se levantó y, cumpliendo su promesa, destruyó ante el rey y mucha gente un ídolo que hasta entonces había adorado. Mientras lo hacía gritaba:

—¡Viva Castilla!

Su ejemplo fue seguido por muchos, que destruyeron ídolos y templos diseminados por la costa al grito de:

—¡Viva Castilla!

En los diez días siguientes a la conversión del rey Carlos Humabón se bautizó a muchos indios de las villas y ciudades de la isla. Nuestro capitán bajaba todos los días a tierra a oír misa, temprano, porque a mediodía el sol era abrasador. Un día asistió a la misa la reina con su cortejo de damas y todos quedamos admirados al verlas llegar. Venían descalzas y desnudas, excepto el pañito de palmera que ocultaba sus partes, pero cubrían su cabeza con fastuosos sombreros de hojas y flores, y sueltos los largos cabellos que se derramaban sobre la espalda.

La reina y sus damas se sentaron sobre cojines bordados dispuestos en el tablado. El capitán tuvo la galantería de rociarlas con agua perfumada de rosas, lo que les agradó mucho.

JURAMENTO Y REGALOS

Para afirmar en la isla la autoridad del rajá Carlos, nuestro capitán convocó a los jefes locales y los reunió en la plaza de la ciudad de Cebú, antes de la misa. Estos jefes se llamaban Simiut, Sibuaia, Sisicai, Magalibe, etc. Subieron al estrado, se sentaron sobre cojines en torno a las dos sillas de terciopelo azul que ocupaban nuestro capitán y el rey Carlos. Se dijo la misa y, una vez terminada, los jefes pasaron de uno en uno delante del rajá Carlos y le hicieron juramento de respeto y sumisión. Tras pronunciar las palabras, le besaron la mano. Luego le tocó el turno al propio rajá. Nuestro capitán se plantó ante él, le hizo seña de que se pusiera en pie y le tendió en una mano el crucifijo y en la otra su espada. El rajá se alzó, colocó la derecha sobre el crucifijo y la izquierda sobre la espada, y repitió las palabras que le iba traduciendo Enrique.

—Yo, rajá Homubu de Cebú, ahora cristiano y llamado Carlos, juro fidelidad y sumisión al rey de España.

Hecho el juramento, nuestro capitán Magallanes y el rey Carlos de Cebú se abrazaron.

—Yo también hice este juramento antes de emprender el viaje —le dijo nuestro capitán—. Así que los dos estamos obligados a dar la vida antes que incumplirlo.

El rajá asintió. Se le regaló la silla y se le aconsejó que la llevase a donde fuese y que recibiera a sus jefes sentado en ella. Así inspiraría más respeto que sentado en el suelo, en cuclillas, como era la costumbre.

Para mostrar su adhesión, el rajá Carlos envió aquella tarde al capitán un regalo muy valioso: dos grandes pendientes y dos brazaletes de oro adornados con piedras preciosas.

La muerte de Magallanes

LA PURIFICACIÓN DEL CERDO

Os contaré ahora una sorprendente ceremonia supersticiosa de la que fui testigo.

Se reunió mucha gente alrededor de un cerdo vivo, tendido en el suelo y amarrado a cuatro estacas. Al lado había una antorcha encendida. Empezó la ceremonia con sonoro redoble de tambores y timbales. Trajeron tres bandejas grandes, dos con pescado asado y dulces de arroz, y la tercera con telas de Camboya y dos sábanas de tela de palma que extendieron en el suelo. En seguida aparecieron dos viejas, cada una con una gran trompeta de caña en la mano, se colocaron sobre las sábanas y saludaron al *adlo*, el sol. Luego se pusieron un pañuelo en la cabeza con las cuatro puntas en forma de cuerno, se enrollaron en las telas de Camboya y empezaron a tocar la trompeta y a bailar alrededor del cerdo. De vez en cuando se paraban y con voz ronca le dirigían unas palabras al sol. Así estuvieron un buen rato.

De pronto, sin dejar de bailar, una de las viejas cogió una taza de vino, fingió beberlo cuatro veces mirando al sol y luego lo vertió sobre el corazón del cerdo. Repitió este ritual tres veces más. A continuación dejó la taza, empuñó una lanza y, sin dejar de bailar y de hablar, hizo amago de clavarla muchas veces en el corazón del cerdo, hasta que, al fin, le dio una lanzada que lo atravesó de parte a parte. De inmediato recogieron la sangre que manaba de la herida y taponaron el corte con hierbas aromáticas. Mientras tanto, la vieja que había dado la lanzada al animal agarró la antorcha y la metió en la boca del cerdo hasta que se apagó la llama. Hecho todo esto, la otra vieja mojó su trompetón en la sangre y fue marcando la frente de cada uno de los asistentes con una mancha. Yo y mis compañeros nos libramos de la imposición de la sangre. Con esto se acabó la ceremonia y cesaron los ruidosos tambores. Entonces las dos viejas se desnudaron y fueron pasando las bandejas de pescado y el arroz para que comieran las mujeres, sólo los mujeres, mientras los hombres chamuscaban el cerdo hasta dejarlo bien rapado. Me dijeron que nunca comían un cerdo sin haberlo purificado de esta manera, y que sólo las viejas podían hacer este laborioso ritual.

A poco de llegar a esta isla, unos indígenas me contaron un hecho que me pareció muy extraño. Pero no era un cuento, sino un suceso real, porque yo fui testigo de él. Por la noche un pájaro negro del tamaño de un cuervo se posaba sobre los tejados de las casas y sus graznidos causaban tanto miedo a los perros, que ladraban y ladraban hasta que apuntaba el amanecer y el pájaro se iba. Nadie supo explicarme la causa de este fenómeno.

LA MUERTE DE MAGALLANES

En la isla de Cebú hay muchas ciudades: Cingapola, Mandani, Lalan, Lalutan..., cuyos caciques eran, respectivamente, Cilatón, Aponoaan, Tetén y Cilamai. Siguiendo el ejemplo de Humabón, todos nos obedecían y nos pagaban un tributo. Menos en Mactán.

La muerte de Magallanes

Mactán es una isla separada de la de Cebú por un estrecho canal. Es pequeña, tiene un buen puerto y su aldea principal se llama también Mactán. Gobernaban esta aldea dos jefes, Zula y Cilapu Lapu, los dos vasallos del rajá Carlos Humabón, el cual les había ordenado que nos enviasen algún presente en señal de sumisión. Zula envió dos cabras, pero Cilapu Lapu no envió nada porque dijo que no reconocía la autoridad del rey de España.

Al saber esto, nuestro capitán Magallanes decidió ir en persona a castigar al reyezuelo rebelde.

—No vaya, capitán. Puede ser una trampa —le aconsejamos.

—Un buen pastor no abandona a su rebaño —respondió—. Que todo esté a punto para salir a medianoche.

En total fletamos tres chalupas con veinte hombres en cada una, todos armados con casco y coraza. El rey cristiano Carlos quiso acompañarnos en la lucha y preparó una flota de veinte o treinta balangáis con varias docenas de hombres armados con lanzas. Él iba en una de ellas con su sobrino y otros jefes de la isla. Cruzamos el canal y llegamos a Mactán tres horas antes de amanecer. Esperamos fuera de la ensenada a que se hiciera de día. Entre tanto, el comerciante siamés fue por orden del capitán a advertir a Cilapu Lapu de las consecuencias de su insumisión.

—Dile que si no reconoce la soberanía del rey de España y paga el tributo, será considerado enemigo y recibirá un duro castigo.

Volvió el moro siamés con esta respuesta:

El primer viaje alrededor del mundo

—Cilapu Lapu dice que no le damos miedo. Y que ellos tienen muchas lanzas.

Entonces el capitán Magallanes preparó el desembarco. Las chalupas no podían llegar a tierra por los arrecifes, así que dispuso que once hombres se quedaran cuidándolas, y a la salida del sol los cuarenta y nueve restantes saltamos al agua, que nos llegaba hasta casi la cintura. En tierra nos esperaba una multitud de guerreros formados en tres batallones, y vociferaban y hacían gestos amenazadores. Serían mil quinientos.

—Los ballesteros a este lado —ordenó el capitán—. Los mosqueteros[52] allá.

Formamos dos pelotones y avanzamos hacia la orilla. Al vernos, los enemigos se lanzaron a la carrera contra nosotros dando gritos horribles.

—¡Fuego! —ordenó el capitán.

Nuestros ballesteros y mosqueteros tiraron durante media hora, pero no hacían mucho daño a los enemigos, pues aunque las balas y las flechas atravesaban sus finos escudos y herían a muchos, como no morían en el instante, se enfurecían más y se acercaban para arrojarnos piedras y una nube de flechas, lanzas y estacas con la punta aguzada al fuego. Eran tantos enemigos que se nos hacía muy difícil defendernos. Nos mataron a dos hombres y varios más cayeron heridos. Para intimidarlos y alejarlos, el capitán llamó a unos cuantos hombres y les dijo:

—Acercaos a sus casas y prendedles fuego.

Pronto surgieron grandes llamaradas y muchos enemigos corrieron a sofocar el incendio. Pero

La muerte de Magallanes

los demás no sólo no se acobardaron, sino que nos acometieron con redoblado furor. ¡Qué bien nos hubiera venido entonces la ayuda del rajá Carlos con todos su hombres!, pero Magallanes, confiado en nuestro poderío y sin prever el número de indios, le había mandado observar el combate sin salir del balangay. Estábamos rodeados y apenas podíamos contener a nuestros enemigos a tiro de ballesta. Ellos se dieron cuenta de que el casco y la coraza nos protegían de medio cuerpo para arriba y empezaron a arrojar sus flechas y lanzas hacia abajo.

—¡El capitán está herido!

Así era: una flecha envenenada le había atravesado un muslo.

—¡Retirada en orden! —gritó el capitán.

Fuimos retrocediendo lentamente hacia las chalupas, pero sin ningún orden, porque los enemigos se nos echaban encima. Ellos recogían las puntiagudas estacas y las lanzas que nos habían tirado y nos las arrojaban de nuevo. Así hasta cinco veces. Cargaban sobre el capitán y por dos veces le derribaron el casco, pero éramos siete u ocho combatiendo con furia a su alrededor y él se mantenía firme. Muchos de los nuestros estaban ya heridos y el mismo Magallanes recibió otra herida en el brazo derecho.

En esto un indio se acercó al capitán y le puso la punta de la lanza en la frente, pero nuestro valeroso capitán lo esquivó a tiempo y le asestó una lanzada que se espetó en su cuerpo y lo derribó al suelo. Entonces, a pesar de la herida del brazo, nuestro capitán echó mano de la espada para rematarlo, pero sólo pudo desenvainarla, porque un estacazo le hirió en la pierna izquierda y le hizo caer. Al instante una nube de enemigos se abalanzó sobre nuestro capitán asestándole golpes y lanzazos.

—¡Retiraos!

No pudimos socorrerlo, porque todos estábamos heridos y teníamos que defendernos reculando poco a poco hacia las chalupas. En la retirada vimos a nuestro capitán volverse hacia nosotros para ver si lográbamos salvarnos.

ELOGIO DE MAGALLANES

Así murió el capitán Magallanes, nuestro guía, nuestra luz... y nuestro salvador, porque los enemigos, al verlo muerto, empezaron a celebrarlo y corrieron todos al lugar en que había caído, momento que aprovechamos para subir a las chalupas y alejarnos de la orilla.

Aquel día era sábado, 27 de abril de 1521. Os digo, en verdad, que la gloria del descubridor don Fernando de Magallanes perdurará por los siglos de los siglos. Fue un hombre virtuoso, firme en la adversidad y ejemplo de buen capitán, pues se condenaba a las mismas privaciones que la tripulación. En la larga travesía del océano Pacífico soportó el hambre con más paciencia que nadie. Fue un hombre sabio en el arte de la navegación y gran conocedor de los mapas, como demostró emprendiendo un viaje alrededor del mundo que antes nadie supo ni tuvo ánimo de iniciar.

CAPÍTULO 5
DE LAS FILIPINAS A LAS MOLUCAS

Regresamos a Cebú derrotados y malheridos. Yo llevaba la cara hinchada y con bastante dolor a causa de una flecha envenenada. Esa tarde pedimos al rajá Carlos Humabón que enviase una embajada a Mactán para rescatar el cuerpo de nuestro almirante Magallanes y los cadáveres de los soldados muertos.

—No lo harán —nos contestó.

—Les daremos las mercancías que quieran.

Partió la embajada y regresó con malas noticias, tal como nos había anticipado el rey Carlos.

—Dice Cilapu Lapu que no entregará los cuerpos por nada. Son sus trofeos de guerra.

Así pues, el valiente Magallanes y los demás compañeros se quedaron en aquella isla sin recibir sepultura cristiana. Antes de partir de Sevilla el almirante había dictado testamento en el que manifestaba su deseo de ser enterrado en la tumba que había comprado en el convento de Santa María de la Victoria. Pero ¿qué navegante parte de puerto con seguridad de volver vivo a él? Por eso añadió que si la muerte le alcanzaba en el viaje, diesen el último descanso a su cuerpo en la iglesia más próxima dedicada a la

Madre de Dios. Pero se quedó en la isla de Mactán, en tierra infiel, deshonrado y profanado por aquellos indios para celebrar la victoria. El capellán rezó un responso con todos los hombres de la *Trinidad* en cubierta, apenados y aun llorosos, mirando en silencio la mar y la isla de Mactán. Descanse en paz.

¿Qué hacer ahora, sin nuestro guía y jefe? Lo inmediato era elegir al nuevo capitán de la escuadra, pero se cruzaban muchos intereses y no se logró la unanimidad. Al fin se acordó nombrar dos gobernadores. Duarte Barbosa, el cuñado de Magallanes, tomó el mando del *Trinidad* y el españolizado Juan Serrano quedó a cargo del *Concepción* y del *Victoria*.

LA TRAICIÓN DEL ESCLAVO MALAYO

Enrique, el intérprete malayo, había resultado ligeramente herido en la batalla de Mactán. Con esa excusa se negaba a bajar a tierra, donde sus servicios eran muy necesarios, y se pasaba el día tumbado en una estera sin hacer nada. El gobernador Barbosa lo reprendió con dureza, pero él se hacía el sordo.

—¿Me has oído? En este barco todos me deben obediencia.

El malayo, calmoso como siempre, replicó:

—Mi amo murió.

—Ahora eres mi esclavo.

—Ahora yo soy libre.

Al parecer el almirante Magallanes le había prometido darle la libertad cuando llegáramos a las

De las Filipinas a las Molucas

Molucas para que regresara a su ciudad de Malaca y compensarle el servicio leal con regalos y dineros.

—¿Libre? —dijo malhumorado el capitán Barbosa—. Ahora eres mi cautivo, y cuando volvamos a España, te entregaré a doña Beatriz, la viuda de Magallanes.

Como Enrique siguiera igual de indolente y remolón, el capitán Barbosa se fue enfureciendo más y más.

—Ahora mismo, ¡a tierra! Has de llevar un recado al rajá Carlos.

El malayo no contestó.

—Acabemos. Obedece, o mando azotarte.

Ante esta amenaza, Enrique se alzó muy calmoso y fue a llevar al rajá Carlos el recado que le dio el capitán. Volvió pronto y aquel día se mostró muy bien dispuesto.

A la mañana siguiente, miércoles uno de mayo, vinieron unos indios a invitarnos al palacio real para recoger piedras preciosas que querían regalar al rey de España y a un banquete de despedida con el que querían agasajarnos. Los gobernadores aceptaron sin reserva la invitación y fueron con el intérprete y veinticuatro hombres, entre ellos el astrónomo Martín Sevilla. Yo me quedé en el barco porque me dolía la cara, y puedo deciros que ese dolor me salvó la vida.

No mucho tiempo después, yo estaba leyendo un libro cuando se originó gran revuelo en el barco. Me asomé con todos a la borda y vi acercarse en la chalupa al piloto Juan Carvajo y a su ayudante que daban voces desesperadas.

El primer viaje alrededor del mundo

—¡Traición! ¡Traición!

—¡Los están matando a todos!

Los nuestros habían acudido confiados al palacio del rey Carlos Humabón, pero apenas se habían sentado en las esteras para que les sirvieran la comida, una nube de hombres se les echó encima sin darles tiempo a defenderse de sus cuchilladas. Y es que Enrique, el intérprete malayo, movido quizás por la codicia y el despecho contra Barbosa, se había conjurado el día anterior con el rajá Carlos y juntos habían urdido una trampa para matarnos y quedarse con las naves. Juan Carvajo y su ayudante se habían salvado de milagro porque habían sospechado de la mala fe de los indios y no se habían sentado a comer.

Una vez a bordo, el piloto Juan Carvajo ocupó el puesto del capitán Duarte Barbosa y tomó el mando del *Trinidad*.

—¡Levad anclas! —ordenó.

A toda prisa la nao capitana se acercó a la costa disparando cañonazos contra las casas de la ciudad. Vimos entonces a muchos indios que traían herido y maniatado al capitán Juan Serrano.

—¡No disparéis! —nos pidió el capitán del *Concepción* y del *Victoria*.

—¿Qué ha pasado?

—¡Los han degollado a todos, menos a Enrique! —contestó Juan Serrano—. ¡Rescatadme, por Dios!

Ésa era la causa de que lo trajeran a la orilla: pedían un gran rescate por él.

—¡Rescatadme! —suplicaba el capitán preso.

—No podemos —contestó a voces Juan Carvajo.

De las Filipinas a las Molucas

—¡Dadles las mercancías que pidan y me dejarán libre! —suplicaba Serrano.

Pero Juan Carvajo, que contaba con el apoyo de algunos hombres, se negó a socorrerlo.

—¡Socorredme, por Dios! —gritaba Juan Serrano—. Me matarán.

Nos pedía por compasión que le recogiéramos, porque sin el pago del rescate los nativos lo degollarían como ya habían hecho con los otros veintitrés hombres. Pero el gobernador Carvajo dio las órdenes para zarpar de inmediato. Al ver las maniobras de los tres barcos para virar y alejarse, el veterano navegante Juan Serrano lanzó terribles maldiciones contra su compañero Juan Carvajo.

—¡Traidor! ¡Ojalá te pudras en el infierno!

No supimos más de él.

EL DESASTROSO RECUENTO

Dejamos Cebú a toda vela y anclamos a dieciocho leguas en la punta de la isla de Bohol. En tres días se habían sucedido las desgracias que he contado. El recuento era muy desdichado: de 237 hombres que habíamos salido de Sevilla quedábamos vivos 114, y de cinco naos quedaban tres. Pero como las tripulaciones eran insuficientes para manejar los tres barcos, decidimos agruparnos en dos, el *Trinidad* y el *Victoria*. Pasamos a ellos las mercancías, objetos y pertrechos del *Concepción,* y una vez vacío le prendimos fuego. Contemplamos la hoguera conmovidos y en silencio, pues allí se cerraba un penoso viaje de veintidós meses de navegación sin haber culminado aún la aventura de llegar a las Molucas.

Al faltar Juan Serrano, el piloto vasco Juan Sebastián Elcano tomó el mando de la nao *Victoria*. Contaba treinta y cuatro años, era vasco y había sido pescador y marinero. Había participado en una expedición naval a Argel, así que era hombre de mar y experto navegante, pero no diré más de él porque en Puerto San Julián había apoyado a Juan Cartagena y a los demás sublevados. Como dije, entonces el almirante Magallanes castigó a los cabecillas y perdonó a los demás cómplices.

ALIANZA DE SANGRE

Zarpamos de Bohol rumbo suroeste, costeamos la isla de Panilongón, cuyos habitantes son negros como etíopes, e hicimos escala en una ensenada de la gran isla de Mindanao,[53] a 8 grados norte del ecuador. Quipit era un puerto con buen fondeadero y en él estaban atracados varios juncos llegados de la vecina isla de Luzón. Los juncos son embarcaciones que soportan mucha carga, por lo que se usan para comerciar entre las islas. Están hechos de tablas, mástiles de caña de bambú y el velamen es de corteza de árbol.

El rey de Mindanao vino a visitarnos con su séquito cortesano. Subió al *Trinidad* y se ofreció como amigo. Para sellar la alianza, se hizo sangre en la mano izquierda con una navaja y se untó unas gotas en el pecho desnudo y en la punta de la lengua.

De las Filipinas a las Molucas

—Tendré que hacer lo mismo —dijo en voz baja el capitán Juan Carvajo.

Y así fue. Después de este rito, enseñó el barco al rajá, el armamento y las mercancías que llevábamos. El rey quedó muy complacido y nos invitó a conocer su palacio.

—Pigafetta, ve con él y abre los ojos —me dijo el capitán.

Los últimos sucesos nos hacían ser precavidos y no era cosa de arriesgarse a otra emboscada. Así que fui yo solo, y con mucho gusto, pues me interesaba conocer las costumbres de aquellos pueblos remotos. Os contaré lo que vi en mi visita a la isla de Mindanao.

Embarqué en el junco real. De inmediato el rey se quitó la pequeña prenda que cubría sus partes, la única que llevaba encima. Todos los tripulantes hicieron lo mismo, así que se quedaron en cueros vivos. Como no había viento, los marineros se pusieron al remo y empezaron a cantar. Así, remando y cantando a coro, remontamos un río en el que faenaban muchos pescadores.

—¡Issida, issida! —decían, mostrando los peces para que se los compráramos.

En las orillas se alzaban muchas chozas y casitas. El palacio del rey estaba a dos leguas. Llegamos después de anochecer y salieron a nuestro encuentro varios criados con antorchas encendidas. El rey me presentó a dos de sus mujeres, que eran muy bonitas, y me ofreció vino de palmera, pero rehusé el ofrecimiento alegando que ya había cenado. Él se bebió un gran vaso con el mismo aparatoso ceremonial que el rey Colambu de Massana, aquel que para dar un

El primer viaje alrededor del mundo

trago de *nionipa* elevaba antes la copa hacia el cielo y luego, al tiempo que la llevaba a los labios, disparaba a un lado el brazo izquierdo con el puño cerrado. Dos criados sirvieron la cena en tazones de porcelana, pescado, tan salado como siempre, y arroz, que comían como si fuera pan. Y digo bien, porque en una cazuela de barro cuecen sobre hojas el arroz hasta que queda duro y en forma de torta; luego la trocean.

Tras la cena nos acostamos en esteras de caña. El rey se fue a otra parte de la casa con sus dos mujeres. Pregunté por la reina y me dijeron que vivía en una colina cercana, dedicada a tejer esteras, oír música de timbales...

Al día siguiente hice una corta excursión por la isla, pero no vi nada diferente a lo que había visto, excepto que en algunas casas tenían utensilios de oro y sin embargo escaseaban los alimentos. Me dijeron que en los valles interiores había más oro que pelos tenemos en la cabeza, pero que era muy costoso obtenerlo porque carecían de herramientas de hierro.

De vuelta a casa del rey, comimos lo mismo: pescado y arroz. Por la tarde comuniqué al cacique mi deseo de volver al barco y él quiso acompañarme. Bajando por el río en el balangay vi a tres hombres colgados de un árbol.

—¿Por qué los han ahorcado? —pregunté.
—Por malhechores —me dijeron.

De las Filipinas a las Molucas

PELEAS DE GALLOS

Informé al capitán Juan Carvajo de lo que había descubierto y tras hacer aguada y cargar algunas provisiones nos hicimos a la mar, rumbo suroeste, buscando siempre las ansiadas islas Molucas. De paso reconocimos durante aquel mes de junio varias islas, pero sin mucho provecho, de manera que llegamos a estar bastante desabastecidos y hambrientos. La cosa iba mal. El recuerdo de la hambruna, las enfermedades y las penurias que habíamos padecido en los tres meses de navegación por el Pacífico, la muerte de tantos hombres y en especial del llorado almirante Magallanes, y finalmente la pérdida de la *Concepción,* todos esos desastres nos abocaban a la desesperanza.

Fue una bendición dar con una isla llamada Paragua en la que encontramos carne de cerdo, pollos, gallinas, bananas, cocos y unas raíces parecidas a nabos. En esa isla se crían unos gallos grandes y los adiestran para pelear. La gente se congrega en el reñidero y hace apuestas en medio de un formidable guirigay. El dueño del gallo ganador se lleva un premio. Por superstición, estos gallos no se comen.

LA ISLA DE BORNEO

A diez leguas de la isla de los gallos de pelea vimos la gran isla de Borneo, pero tuvimos que costear cincuenta leguas hasta encontrar un fondeadero abrigado. Era el ocho de julio de 1521. Llegamos a tiempo, bajo un cielo encapotado y aire bochornoso, pues a poco de anclar y recoger el velamen, se levantó viento, llegaron los truenos, caía agua a cántaros y se desató una furiosa tempestad. Vimos en el mástil el fuego de San Telmo.

    El día siguiente, sin rastro ya de la tormenta, el vigía avisó de que se acercaba un balangay. Era el más grande y el más hermoso de todos los que habíamos visto nunca, con la proa y la popa doradas y una bandera blanquiazul coronada con un penacho[54] de plumas de pavo real. Remolcaba dos lanchas de pescadores. Al acercarse vimos a muchas personas a bordo y oímos música de tambores y cornamusas, que son instrumentos semejantes a las gaitas, con fuelle y canutos de bambú. El rico balangay dio una vuelta alrededor de nuestros dos barcos mientras sus pasajeros nos saludaban agitando en la mano gorritos de tela que se habían quitado de la coronilla. Era un recibimiento festivo y vistoso. El balangay real se arrimó y subieron ocho ancianos para entregarnos en nombre del rajá dos cabras, dos jaulas llenas de gallinas, arroz y tres cántaros de *arach*, que es un aguardiente o vino destilado del arroz, de color claro y tan fuerte que los tripulantes que lo bebieron acabaron como cubas.

    Para corresponder a tan gentil bienvenida y negociar un acuerdo comercial, los capitanes decidieron enviar una embajada de siete hombres. Yo fui uno de ellos y puedo dar cuenta de la riqueza y el raro protocolo de la corte de Borneo.

    Nuestra chalupa llegó al embarcadero cargada con regalos. Llevábamos una túnica de terciopelo

verde, un paño rojo, una silla de terciopelo violeta, copas de vidrio, tintero y cuadernos de papel para el rey; telas, un par de zapatos plateados y una cajita con alfileres para la reina; y paños, gorros, espejitos, cuadernos y vasos de vidrio para los ministros. Tuvimos que esperar dos horas a que llegaran doce porteadores y los dos cornacas que guiaban sendos elefantes adornados con coloridas gualdrapas de seda.

Los porteadores cargaron en recipientes de porcelana los regalos. Nosotros montamos en los elefantes y nos adentramos en la ciudad, pero no fuimos a palacio, sino a la casa del gobernador.

—El rajá Siripada les recibirá mañana.

El gobernador nos alojó y nos dio una cena de muchos platos. Desde la salida de España había dormido en el duro catre del barco o en esteras tiradas en el suelo, pero aquella noche me acosté sobre un mullido colchón relleno de algodón y entre limpias sábanas de tela de Camboya. Tan desacostumbrado estaba al lujo y la holganza, que tardé en conciliar el sueño, pero luego dormí lo que se dice a pierna suelta, me desperté tarde y fui perezoso para levantarme.

LA CORTE DEL RAJÁ SIRIPADA

Al día siguiente pasamos la mañana sin hacer nada. La ciudad en la que estábamos era inmensa, pues tenía veinticinco mil casas, en su mayoría levantadas sobre gruesos pilares de madera en medio del agua. Con la marea alta, las vendedoras iban en barca de casa en casa ofreciendo su mercancía. Los habitantes son moros, adoran a Mahoma y siguen las reglas de su religión. Tienen obligación de lavarse manos y cara para purificarse y hacen cinco oraciones al día. No comen carne de cerdo.

—*Babui*, ¡ag!

Sólo de pensar en un *babui* sentían repugnancia. No comen ningún animal que no hayan matado ellos mismos, y lo sacrifican orientados al sol. Los hombres están circuncidados,[55] como los judíos, no orinan de pie, sino en cuclillas.

No muy lejos, en la misma bahía, hay otra ciudad, aún mayor, cuyos moradores no son moros, sino paganos. Su rey era enemigo del rajá Siripada, al que íbamos a ver.

La audiencia con el poderoso rajá moro resultó extraña y fastuosa. A última hora de la mañana fuimos al palacio montados en los elefantes, precedidos de los porteadores con los regalos. Flanqueaban el camino guardias armados con lanzas, espadas y mazas. El palacio real está protegido por una gran muralla de ladrillos con cincuenta y seis cañones de bronce y seis de hierro apostados tras las troneras. Descabalgamos en el patio y, en compañía del gobernador y un grupo de oficiales, subimos las escaleras y entramos en una gran sala llena de cortesanos. Nos mandaron sentar en unas esteras al lado de los regalos. Todos los presentes cubrían sus partes con un paño de oro atado a la cintura, adornaban sus dedos con sortijas y tenían puñales con mango de oro y perlas preciosas.

Tras un instante de espera, se descorrieron dos

El primer viaje alrededor del mundo

cortinones al fondo de la sala y apareció otra sala algo menor en la que estaban firmes trescientos guardias, todos armados con un puñal cuya punta apoyaban en el muslo.

—¡El rajá Siripada! —anunció un ministro.

Descorrieron la cortina que había al fondo de esta segunda sala y vimos al rey sentado a una mesa con un niño. Tras él había muchas mujeres. Era un hombre muy gordo, de unos cuarenta años, que mascaba areca, como es costumbre en las islas que habíamos conocido. La areca es el fruto de un árbol llamado betel; este fruto se corta en pedacitos, se envuelve un trozo en hojas del mismo árbol y se mastica largo tiempo. Me decían que el betel refresca el corazón y alarga la vida.

—Está prohibido hablar al rey —nos advirtió el maestro de ceremonias—. Pero podéis saludarle y hacerle llegar las peticiones siguiendo el protocolo.

Y en verdad que eran unas reglas complicadas.

—De pie. Ahora haced una reverencia. Así.

Obedecimos y copiamos los gestos del ministro de protocolo: primero las manos sobre la cabeza, luego levantamos el pie derecho, lo bajamos, alzamos el otro pie, lo bajamos, y de nuevo subimos y bajamos el pie derecho.

—Repetid el saludo dos veces más.

Así lo hicimos, con mucho respeto, aunque nos miramos de reojo extrañados porque el ejercicio nos parecía más cómico que reverente.

—Ahora, ¿qué queréis decir al rajá?

—Decidle que nos envía el rey de España, que

venimos en son de paz, que deseamos comerciar en su isla y que en prueba de amistad le traemos regalos.

El cortesano trasladó a un ministro nuestro mensaje, este ministro se lo dijo al hermano del gobernador, y éste lo comunicó a través de un canuto colocado en un agujero del muro al primer ministro, quien, finalmente, se lo dijo al rey. La respuesta del rey nos llegó siguiendo a la inversa el mismo procedimiento.

—El rajá Siripada dice que está contento de ser amigo del rey de España y que podéis comerciar y aprovisionaros de agua y madera.

A continuación ofrecimos los regalos y el rey los fue aceptando uno a uno con una ligera inclinación de cabeza. A su vez ellos nos entregaron con gran ceremonial un paño de oro y seda. Terminado el intercambio de regalos, corrieron la cortina delante del rajá y se dio por terminada la audiencia. Antes de abandonar el palacio nos sirvieron un aperitivo con clavo y canela.

Regresamos a la casa del gobernador como habíamos ido, sobre los elefantes, pero ahora precedidos por siete porteadores que traían el regalo real. A cada uno les dimos de propina un par de cuchillos. En casa del gobernador sirvieron un banquete interminable de muchas clases de pescado y más de treinta platos de carne de vaca, de cabra, de gallina, de pavo y de otros animales, menos de cerdo, pues, como dije, la religión musulmana lo prohíbe. Dormimos en las mismas camas mullidas a cuerpo de rey. En la sala ardían continuamente dos velones de cera blanca puestos en candelabros de plata y dos grandes lámparas de aceite con cuatro mechas cada una.

La isla de Borneo es tan grande que hubiéramos tardado tres meses en rodearla. Tiene buen comercio. Allí producen mucha porcelana, que se hace con una tierra muy blanca que ha de estar medio siglo en el suelo para refinarla. Nosotros cambiamos cuadernitos de papel, cuchillos, telas, cera, bronce, mercurio y otras bagatelas por vasos y bandejas de porcelana, sal, *ánime*, que es una goma muy buena para calafatear barcos, alcanfor, que es una sustancia blanca de uso medicinal, sacada de las ramas del alcanforero, un árbol muy alto... Los nativos nos pagaron bien el vidrio, los paños de lana, el hierro y los espejos. El comercio se hace de dos maneras, o bien por trueque, es decir, intercambiando cosas, o por compra venta, o sea, pagando los bienes con dinero. En Borneo se usan unas monedas de bronce con caracteres chinos en una cara y un agujero en medio para ensartarlas. Las llaman *pecis*.

La isla de Borneo es un paraíso de la naturaleza. Hay en ella toda clase de animales: caballos, búfalos, cabras, cerdos, elefantes, gallinas, ocas y un sinfín de aves. En los mercados se venden especias, gran variedad de frutas y pescados, y todo lo que produce una buena huerta: melones, calabacines, rábanos, cebollas, etc.

Abandonamos la bahía con dieciséis nativos a bordo y tres mujeres que pensábamos traer a España, pero Carvajo se las quedó para su placer.

De las Filipinas a las Molucas

REPARACIÓN DE LOS NAVÍOS

Los barcos necesitaban una reparación a fondo, porque uno tenía una vía de agua y el otro había chocado con un arrecife y a punto estuvo de hundirse. Encontramos un puerto seguro para carenarlos[56] cerca del cabo norte de la isla, pero nos faltaba lo necesario y tardamos cuarenta y dos días en la reparación. Cortar los troncos, arrastrarlos, serrarlos, calafatear, reparar velas... Lo más costoso fue buscar la madera en los bosques pues íbamos descalzos y el suelo estaba cubierto de maleza y arbustos espinosos. En ese tiempo cazamos un babirusa, de los muchos que había en la isla, o, mejor dicho, lo pescamos, pues cruzaba a nado a un islote cercano. Con razón los llaman babirusas, porque en lengua malaya *babui* o *babi* es cerdo y *rusa* es ciervo, y aquellos jabalíes de hocico poderoso tenían un par de colmillos que salían de la boca hacia arriba y curvados con cierto parecido a los cuernos del rebeco. Pescamos dos tortugas grandes y también nos las comimos. Abundaban los mariscos y no faltaban los cocodrilos.

Lo más sorprendente que vi en aquel lugar fueron las hojas andantes. Había unos árboles cuyas hojas parecidas a las de la morera tenían como dos pies y si tocabas una en el suelo, echaba a andar y se escapaba. Recogí una de esas hojas y la metí en una caja. Cuando nueve días después la saqué de la caja, se puso a caminar.

El primer viaje alrededor del mundo

LA ISLA DE LAS PERLAS

Por fin, reparados los barcos, ya en el mes de octubre, zarpamos en busca de las Molucas. Vimos en alta mar un junco que venía de la ciudad de Borneo y le hicimos señas de que parase, pero no hizo caso. Entonces lo perseguimos y lo abordamos. Venía en él el gobernador de Puloán y dos de sus hijos. Los retuvimos en el barco y exigimos un rescate de veinte cerdos, veinte cabras, ciento cincuenta gallinas y una buena cantidad de arroz que debían entregar antes de siete días.

Antes del plazo nos entregaron todo lo que habíamos pedido y aún añadieron cocos, bananas, caña de azúcar y vino de palmera. En vista de su generosidad les devolvimos lo que habíamos tomado del junco y les regalamos túnicas bordadas, telas y otras cosas. Quedamos como amigos.

Guiados por un piloto nativo, retrocedimos hasta la isla de Cagayán y pusimos proa hacia el oeste. Pasamos entre algunos islotes, entre ellos Zoló, donde, según me dijeron, se pescan las perlas más bellas y grandes del mundo. Al parecer el rajá Siripada tenía un par de ellas tan grandes como huevos de gallina y de una redondez tan perfecta que no podían estar quietas sobre una superficie plana.

Navegamos rumbo oeste y pasamos de nuevo cerca de Massana y Butuán, las islas del rey Colambu, donde habíamos estado seis meses antes. Se acercaron algunos barcos con nativos que nos vendían diecisiete libras[57] de canela por un par de cuchillos. Podíamos haber cargado el barco con la mejor canela del Oriente, porque en Butuán, Calagán y otros islotes crecen como en ninguna parte los canelos. Los canelos que yo había visto tienen la altura de un hombre pero su tronco es una cañita del espesor de un dedo. Su corteza interna, molida o en rama, es la especia que tanto se aprecia en Europa.

¡AL FIN, LAS MOLUCAS!

Vimos un barco con bastante gente y decidimos capturarlo. Como se resistieron, los combatimos, matamos a siete y a los once restantes los hicimos prisioneros. Entre ellos estaba un hermano del rey de Mindanao, el cual nos aseguró que conocía muy bien la ruta a las islas Molucas.

—Hacia allá —nos dijo, apuntando al sureste.

Lo llevamos con nosotros y navegando en aquella dirección encontramos muchas islas. El sábado 26 de octubre, costeando la isla de Viran Batolach se desató al anochecer una tempestad que nos obligó a recoger velas y a rezar por nuestra salvación. Durante dos horas vimos en la oscuridad el fuego de San Telmo en lo alto del mástil y gracias a la protección del santo salimos con vida de la borrasca.

Dos días después fondeamos en un puerto abrigado de la isla de Sarangani, cuyos pobladores nos recibieron muy bien. Allí descansamos un día y antes de partir cogimos a la fuerza a dos guías. Rumbo sureste pasamos entre muchos islotes y una noche de viento contrario, cerca de uno de estos islotes, el hermano del rey de Mindanao y los dos guías saltaron del barco y se fugaron a nado. En los días siguientes navegamos entre muchos islotes y por fin avistamos las islas deseadas.

—¡Las Molucas, las Molucas!

Era jueves, 7 de noviembre de 1521. Ya podéis imaginaros nuestra alegría y las muchas gracias que dimos a Dios, después de veintisiete meses corriendo los mares.

CAPÍTULO 6
EN LAS ISLAS DE LA ESPECIERÍA

Unas tres horas antes del anochecer del viernes 8 de noviembre el *Trinidad* y el *Victoria* entraron en un puerto de bastante calado, por lo que pudimos echar anclas muy cerca de tierra. Acabada la maniobra, anunciamos nuestra llegada con disparos de toda la artillería, lo cual, como siempre, debió de impresionar mucho a los nativos.

Estábamos en la isla Tidor, en los diecisiete minutos de latitud norte. Esta isla es una de las cinco donde crece el aromático árbol del clavo.[58] Las otras son Ternate, que es la principal, Bachian, Mutir y Machian. Hacía apenas cincuenta años que los moros habían conquistado las Molucas y habían llevado a los nativos su religión islámica y el interés comercial por el clavo. En las zonas montañosas de las islas quedaban algunos paganos, es decir, gentes que no eran cristianas ni musulmanas, sino idólatras.

El primer viaje alrededor del mundo

EL SULTÁN DE LAS DOSCIENTAS CONCUBINAS

El rey de Tidor vino al día siguiente en una piragua y dio una vuelta alrededor de las naves para observarlas bien. Entonces el capitán Carvajo mandó echar una chalupa al agua y fuimos a saludarlo. Subimos a su piragua y nos recibió sentado bajo un quitasol de seda. Vestía falda hasta los pies y camisa con mangas bordadas en oro, se ceñía la cabeza con un velo de seda y una guirnalda de flores. A su lado estaba un chico, hijo suyo, que sostenía el cetro real, y los escoltaban cuatro hombres, cada uno con un vaso de oro en la mano. Dos vasos contenían agua para lavarse las manos y los otros dos hojas de betel para mascar.

—Hace mucho que os esperaba —nos dijo el rey.

—Rajá —dijo nuestro capitán, adelantándose a besarle la mano.

—Soy el sultán[59] Manzor de esta isla de Tidor. Os esperaba porque hace tiempo que sueño con navíos que vienen de lejos. Consulté muchas veces a la Luna y ella nunca lo desmintió.

El sultán Manzor era moro, es decir, de religión musulmana, tenía cuarenta y cinco años y era aficionado a la astrología.

—Nosotros venimos de un país muy remoto que se llama España, traemos palabras de paz de nuestro rey y sólo queremos comerciar en tu reino.

—Sed bienvenidos.

Después de este intercambio de saludos, lo invitamos a subir a nuestro barco, lo que hizo con gran curiosidad acompañado de nueve personajes, entre ellos su hijo. Todo el mundo a bordo le hizo reveren-

cias, pero él ni una sola vez inclinó la cabeza. Le enseñamos la nao y luego le ofrecimos una silla de terciopelo rojo, le pusimos una túnica amarilla y nosotros nos sentamos frente a él en el suelo para que se sintiera respetado. Le dimos, a él y a su séquito, los regalos acostumbrados: telas, gorros, cuchillos, cosas de vidrio, espejos... El sultán quedó muy complacido y escuchó con gran interés lo que le dijimos sobre nuestro país y nuestro viaje.

—Yo os recibo en mi reino como si fueseis mi hijos —nos dijo—. Sentíos como en vuestra casa.

Nos dijo que podíamos comerciar libremente en su isla, pero que los clavos de especia no estaban aún bastante secos. Prometió buscar más en la isla de Bachian para que pudiéramos volver a nuestro país con un buen cargamento. Antes de despedirse, nos aseguró que todos sus súbditos estarían alegres de ser amigos y vasallos del rey de España, y como prueba de amor a nuestro rey Carlos, nos dijo:

—De ahora en adelante esta isla se llamará Castilla.

Como sabéis, los reyes moros pueden tener muchas mujeres para su placer, pero una sola esposa. El sultán Manzor vivía en una gran casa fuera de la ciudad con doscientas hermosas concubinas, y cada una de estas mujeres era servida por una criada. Era obligación de las familias entregar una o dos hijas al sultán. Nadie sin su permiso podía entrar en el serrallo, so pena de recibir la muerte en el acto. Manzor comía solo, o con su esposa, en un estrado, desde donde contemplaba a todas las mujeres sentadas alrededor. Después de la cena elegía una para compartir su lecho durante la noche. Tenía veintiséis hijos, ocho varones y dieciocho hembras. Todos los hombres poderosos de las islas tenían muchas mujeres y mucha descendencia. Una autoridad religiosa de Tidor, una especie de obispo musulmán, tenía cuarenta mujeres y larga prole.

—Pero eso no es nada. En la isla Gilolo hay dos sultanes. El sultán Sussu tiene seiscientos hijos y el otro, llamado Papúa, quinientos veinticinco.

Al rey Sussu lo conocimos unos días después, porque vino a vernos con una formidable escolta de piraguas. Era viejo. Subió a bordo y le hicimos los regalos habituales.

CARGAMENTO DE CLAVO

Al día siguiente de la visita del sultán Manzor al barco, como era domingo, respetamos el día del Señor y no hicimos ninguna compra. Para los moros el día festivo es el viernes. Pero el martes día 12 ya estaba levantado en la ciudad un almacén para guardar las mercancías que queríamos cambiar por clavo de especia. Una parte de las mercancías provenían de los juncos que habíamos asaltado en el camino. Tres de los nuestros montaron guardia día y noche para evitar robos, se fijó el valor de las cosas y comenzó el trueque. Por un *bahar* de clavos de especia, es decir, 406 libras, teníamos que darles 10 brazas[60] de paño rojo de la mejor calidad, o 26 de tela, o 40 gorros, o 35 tazas de vidrio, o 15 hachas, o 50 pares de tijeras, o un quintal de cobre. El sultán se llevó todos

El primer viaje alrededor del mundo

los espejos enteros que quedaban y todas las tazas de vidrio. Habíamos salido de España con gran cantidad de espejos, pero muchos se habían roto en la larga travesía, y, como recordaréis, otros los habíamos regalado o intercambiado por víveres. Además del clavo hicimos provisión de víveres para el viaje de regreso a España, adonde ansiábamos llegar cuanto antes. Los indios se acercaban en sus barcas a cambiar gallinas, cabras, cocos, bananas y otros comestibles por cosas que para nosotros eran de poco valor. En definitiva, hicimos un buen negocio.

Hicimos también aguada. Los portugueses habían propagado la noticia de que en las Molucas no había agua dulce, quizás para desanimar a los buscadores de especias y controlar el comercio de las islas. Pero había agua, agua que manaba de las montañas de los claveros, aunque tan caliente que había que dejarla enfriar una hora.[61]

Antes de regresar a España queríamos informarnos bien sobre los asentamientos portugueses en las Molucas, sus viajes y el comercio de especias. El sultán Manzor nos ayudó.

—Mandaré venir a un portugués que vive en Ternate —nos dijo—. Pero quiero que me hagan dos favores.

—¿Cuáles son, sultán? —dijo el capitán.

—Los presos que lleváis a bordo están muy tristes y desesperados. Me han rogado que interceda por su libertad.

—Los necesitamos a nuestro servicio. Queremos llevarlos a España y presentarlos a nuestro rey Carlos.

En las islas de Especiería

—España será más querida si los devolvéis a sus islas —dijo el sultán Manzor.

—Bien —dijo el capitán—. ¿Cuál es el segundo favor?

—Quiero que maten a todos esos... animales que llevan a bordo. A cambio, os daremos cabras y aves.

No nos sorprendió su petición, porque ya sabéis la repugnancia que los moros sienten por los cerdos. Tan grande es que si por casualidad encuentran uno, cierran los ojos y se tapan la nariz para no verlo ni olerlo.

El capitán aceptó las dos peticiones. Liberó a tres mujeres y a los presos indios que llevábamos, menos a los que habíamos capturado en Borneo. Los cerdos fueron degollados en el entrepuente del barco para que los moros no los vieran.

DOS PORTUGUESES

El sultán Manzor cumplió su promesa de traernos al informador portugués, el cual vino de Ternate al día siguiente, al caer la tarde. Se llamaba Pedro Alfonso de Lorosa. Había llegado a las Indias Orientales con los primeros navegantes, hacía dieciséis años, de los cuales llevaba diez en las Molucas. Nada más subir a bordo y tras los primeros saludos, dijo:

—Hace tiempo que esperaba vuestra llegada.

—¿Y cómo es eso? —preguntó sorprendido el capitán.

—Tarde o temprano tenía que saberse en Europa el descubrimiento de las Molucas. Los portugueses

El primer viaje alrededor del mundo

quisimos ocultarlo para que no llegaran comerciantes de otros países. Pero un secreto así no se puede guardar eternamente.

Nos dijo Lorosa que once meses antes había venido de Lisboa el capitán Tristán de Menezes a cargar especias en un gran navío y había traído la noticia de la expedición de Magallanes a las islas de la Especiería. Al rey de Portugal no le había gustado nada aquella flota al servicio del rey de España, primero porque era muy dañina para el comercio portugués, y segundo, porque estaba al mando de un súbdito suyo, el «traidor» Fernando de Magallanes.

—Nuestro rey —continuó el portugués— despachó en 1520 dos escuadras para interceptar la flota española. Una puso proa al cabo de Buena Esperanza, por si el traidor seguía la ruta portuguesa, y otra a Río de la Plata, pues se decía que Magallanes quería abrir una ruta nueva, navegando hacia occidente. Pero las dos escuadras volvieron de vacío. No dieron con Magallanes. Entonces nuestro rey —añadió el portugués— dio órdenes a su capitán jefe en las Indias para que enviase desde Malaca[62] seis navíos de guerra a estas islas Molucas y que aquí deshiciera la escuadra de Magallanes.

—¿Y dónde está esa escuadra? —preguntó el capitán.

Todos nos miramos alarmados.

—Esa escuadra nunca vino. En este tiempo turcos y venecianos habían preparado una flota contra Malaca porque los portugueses les habíamos arrebatado el comercio de las especias. Entonces el almirante

En las islas de Especiería

de la flota, don Diego López de Sichera, partió hacia el mar Rojo con una poderosa escuadra de sesenta barcos de guerra y encontró a las galeras turcas en la bella y fuerte ciudad de Adén.[63] Estaban atracadas en la orilla. Nuestra flota las sorprendió sin darles tiempo a maniobrar y las quemó todas. Después de esta expedición, el almirante don Diego envió a las Molucas un galeón con dos filas de cañones para destruir a Magallanes.

—¿Y dónde está ese galeón?

—Nunca llegó —respondió Lorosa—. Volvió a puerto al poco de zarpar, no sé si arrastrado por los vientos o por las fuertes corrientes marinas. O quizás sufrió una avería en los arrecifes.

—¿Hay barcos portugueses en las Molucas? —preguntó el capitán.

—Ninguno. El último se fue unos días antes de vuestra llegada. Era una carabela que cargó en la isla de Bachian clavo de especia y nuez moscada. Pero siete portugueses no respetaron a las mujeres, ni siquiera a las del sultán de la isla, y ante el temor de una venganza, la nave levó anclas a toda prisa y a media carga. Dejó muchas mercancías y cuatrocientos *bahars* de clavos.

Pedro Alfonso de Lorosa nos informó también de que muchos juncos de Molucas iban a Bandán a cargar nuez moscada y que de ese comercio se beneficiaban mucho los portugueses.

—Nos habéis dado informaciones muy valiosas —dijo nuestro capitán—. Veníos a España con nosotros. Nuestro rey Carlos os recompensará.

Aquel día nos enteramos de la dolorosa muerte

de Francisco Serrano, ocurrida ocho meses antes. A este hombre ya lo cité al principio de este libro: era portugués, buen amigo de nuestro llorado capitán Magallanes y el que lo había incitado a entrar en el provechoso comercio de clavo. Francisco Serrano había llegado a ser capitán general del rajá de Ternate. Ganó una guerra contra Manzor, el sultán de Tidor, y le impuso durísimas condiciones de paz: que entregara como rehenes una hija y los hijos varones de los nobles de la isla. El derrotado sultán Manzor nunca le perdonó. Y así, aprovechó un viaje de Serrano a Tidor a comprar clavo para vengarse. Lo envenenó con una poción de betel. Serrano tardó cuatro días en morir. Dejó viuda —una mujer de Java con la que se había casado—, dos hijos, chico y chica, y una fortuna de doscientos *bahars* de clavo de especia, es decir, algo más de ochenta mil libras.[64]

COSTUMBRES MOLUQUEÑAS

Las casas de las Molucas son como las que habíamos visto. Se levantan sobre estacas y están rodeadas de una valla de cañas de bambú. Las mujeres son feas. Van desnudas, excepto en sus partes, que tapan con una fina tela de corteza de árbol. Para hacer las telas quitan las cortezas de los árboles, las meten en agua para que se ablanden y finalmente las machacan con mazos hasta dejarlas tan delgadas y lisas como una tela de seda.

Los moluqueños van también desnudos y descalzos. A pesar de la fealdad de sus mujeres, son muy celosos. Nos les gustaba nada vernos vestidos a la española, pues creían que tentábamos a sus mujeres con la bragueta abierta.[65]

LAS ESPECIAS:
CLAVO, NUEZ MOSCADA Y JENGIBRE

El domingo 17 noviembre de 1521 fui por la tarde a examinar el árbol del clavo. El clavero alcanza gran altura, su tronco es de color aceitunado y tan grueso como un hombre, y su copa tiene forma piramidal. Sólo crece en la montaña y si se trasplanta al valle, muere. No necesita ningún cultivo especial. El clavo brota en la punta de las ramas pequeñas, en ramilletes de diez a veinte unidades. Es un fruto blanco que enrojece al madurar y se vuelve negro cuando se seca. Hay que recogerlo en sazón, pues si no, se pone tan duro que es inservible. Se cosecha dos veces al año, una por Navidad y otra por San Juan, es decir, en los solsticios, que es cuando el aire está aquí más templado. Cuando en España es invierno, aquí es el tiempo de más calor porque el sol está en el cenit.

En las Molucas también se produce la nuez moscada. Se parece a nuestras nueces, con una primera cáscara igual de dura, y dentro el fruto, de color rojo o rosado. Otra especia de estas islas es el jengibre, que es el rizoma de un arbusto, es decir, la raíz que sale de la tierra, gruesa como un dedo, amarillenta por dentro, de olor aromático y de sabor picante. Sólo es útil cuando está seca.

El primer viaje alrededor del mundo

LARGA ESPERA

Del 15 al 30 de noviembre no hay muchas cosas que contar. El domingo 17 subió otra vez a bordo el sultán Manzor, deseoso de saber cómo combatíamos. Como había sido muy guerrero en su juventud, disfrutó mucho con la demostración que le hicimos, en especial con la carga y disparo de los cañones. Volvió de nuevo la noche del domingo 24 para anunciarnos que en cuatro días nos traerían mucho clavo. Y así fue: el lunes 28 nos trajeron 176 *cathiles*.[66] Los isleños también venían en sus piraguas a vendernos clavo.

Teníamos pensado salir a fin de mes para España. El sultán quería prepararnos una fiesta de despedida, pero rehusamos la invitación por miedo a que fuera otra encerrona como la de Cebú, cuando murió Magallanes, y porque allí mismo unos indios emboscados habían matado una vez a tres tripulantes de un barco portugués que hacía aguada. El sultán Manzor se ofendió mucho al enterarse de que rechazábamos la fiesta y de que preparábamos la partida. Apenas llevábamos dos semanas, cuando los barcos portugueses tardaban un mes en completar la carga. El martes 26 el sultán subió a bordo y lo primero que hizo fue devolver los regalos que le habíamos dado.

—No quiero regalos del rey de España —dijo muy enojado—. ¿Partís ya porque teméis una traición mía? ¿Por qué desconfiáis de mí? ¿No os he ayudado en todo? ¿No he dado muchas pruebas de amistad? Si os vais tan deprisa, los reyes de las demás islas creerán que soy un traidor, y toda la vida cargaré con esa afrenta.

En las islas de Especiería

El hombre estaba muy compungido y a punto de llorar. Y como nos viera desconcertados, pidió un Corán,[67] lo besó con devoción y se lo puso cinco veces sobre la cabeza musitando una invocación, lo que los moros llaman *zambehan*. Después de esto, con lágrimas en los ojos y expresión sincera, dijo:

—Juro por Alá y por este Corán que siempre seré amigo del rey de España.

Quedamos todos conmovidos.

—Nos quedaremos quince días más —dijo el capitán Carvajo—. Y para expresaros nuestra gratitud, tomad el sello del rey y el estandarte real.

Unos días después nos enteramos de que, en efecto, algunos personajes de la isla habían aconsejado a su rey matarnos para congraciarse con los portugueses, pero el sultán Manzor se mostró fiel al juramento de paz y amistad. Y vino otra vez a vernos el miércoles 4 de diciembre, día de Santa Bárbara, y en su honor y para festejar a la patrona de los armeros y artilleros, disparamos los cañones. Por la noche disparamos fuegos artificiales, que entusiasmaron a los isleños.

En los días siguientes tuvimos visitas de los reyes de Machian, Gilolo y tres hijos del rey de Ternate con sus mujeres. A todos los recibimos con cortesía, le dimos regalos y disparamos los cañones para su entretenimiento. Entretanto, venían muchas piraguas a ofrecernos clavo, y como sabían que estábamos a punto de zarpar, nos lo vendían muy barato. Muchos marineros cambiaron hasta las ropas por clavo que esperaban vender a buen precio en España. Pedro Alfonso de Lorosa vino a bordo con su mujer, sus hijos y sus enseres y pertenencias para regresar a España. Habíamos reparado los navíos, que estaban muy cargados, y les pusimos velas nuevas sobre las que pintamos la cruz de Santiago con esta inscripción:

ÉSTA ES LA FIGURA
DE NUESTRA
BUENA AVENTURA

¡Por fin! El miércoles día 18 fue el día fijado para la partida. Vinieron a despedirnos los reyes de Tidor, Bachian, Gilolo y el hijo del rey de Ternate. El *Victoria* izó velas, levó anclas y se hizo a la mar. También el *Trinidad* izó velas, pero costó trabajo recoger el ancla. Al arrancar, se vio que el buque no iba bien, de modo que se arrojó de nuevo el ancla y se lanzaron al agua varios marineros a revisar el casco. Dentro, descubrimos agua en la cala.[68] Así no se podía zarpar.

El *Victoria* advirtió nuestros problemas y dio la vuelta a ver qué pasaba. Para reparar el *Trinidad* fue preciso descargar gran parte de la mercancía y acostarlo de babor, pero el agua cada vez entraba con más fuerza. Por más que se buscó, no se encontró el boquete o la rotura. Durante todo ese día y el siguiente se achicó agua con las bombas sin parar un momento.

El sultán Manzor hizo todo lo posible por ayudarnos. Cinco de sus hombres acostumbrados a resistir mucho tiempo bajo el agua se zambulleron para encontrar la avería. Durante más de media hora bucearon alrededor del casco, pero no encontraron la vía de agua. Entretanto, y a pesar de las bombas, el agua seguía subiendo. Entonces el sultán mandó a buscar a los tres mejores buceadores de la isla, que vivían en la otra punta. Llegaron de madrugada al día siguiente. Se echaron al agua con su cabellera suelta porque suponían que al entrar el agua por el boquete o la abertura, arrastraría los cabellos, y así se localizaría la avería. Durante una hora los tres buceadores subieron a tomar aire y se sumergieron una y otra vez haciendo su trabajo. Al final, se dieron por vencidos.

El rajá Manzor estaba tan desolado como nosotros.

—Pongo a vuestro servicio a doscientos cincuenta carpinteros —dijo—. Y mientras ellos reparan el barco bajo vuestra dirección, bajad todos a tierra. Os trataremos como hijos nuestros.

Dijo esto con tanta emoción que se nos saltaron las lágrimas.

Mientras se carenaba el *Trinidad,* la tripulación ocupó una casa que nos habían dejado. Nada impedía, en cambio, que el *Victoria* se hiciese a la mar aprovechando los vientos favorables del este, pero temimos que llevara demasiada carga para sortear los peligros de la larga navegación hasta España y decidimos aligerarlo. Descargamos sesenta quintales[69] de clavo y lo guardamos en la casa donde se alojaba la tripulación del *Trinidad.*

Por fin decidimos partir al día siguiente, 21 de diciembre de 1521. De madrugada se presentaron dos pilotos nativos que el sultán Manzor había elegido para que nos guiasen fuera de las islas sin encallar en los arrecifes.

—Tiempo bueno. Partir ya —nos dijeron.

Pero no zarpamos hasta mediodía porque tuvimos que esperar a que los camaradas que se quedaban en las Molucas nos entregasen cartas para sus parientes y amigos de España. En total, eran cincuenta y tres los que se quedaban con el piloto Juan Carvajo, porque a última hora algunos compañeros renunciaron a volver a España, unos por temor a que la nave no resistiese el largo viaje, otros porque recordaban el hambre que habíamos sufrido en la travesía del Pacífico y temían que volviera a suceder lo mismo... En total emprendíamos el viaje de regreso cuarenta y siete europeos y trece indios.

A punto de partir hicimos una descarga de artillería y el *Trinidad* respondió con otra en señal de despedida. El *Victoria* levó anclas, izó velas y se fue alejando de tierra. Durante un corto trayecto, hasta donde pudieron, nos siguieron varias chalupas con compañeros que se quedaban. Nos dijimos adiós llorando.

CAPÍTULO 7
EL REGRESO A ESPAÑA

Ocho meses y medio tardamos en volver de las Molucas a España. En tan largo viaje padecimos mil calamidades.

La primera escala fue en la isla de Mare para cargar madera. Pasamos luego entre muchos islotes navegando a veces sólo de día, pues los guías moluqueños nos aconsejaban buscar abrigo al atardecer para no chocar de noche con bajos y arrecifes.

LOS ENANOS OREJUDOS

En esos primeros días de navegación uno de los pilotos moluqueños me dio pasmosas noticias de aquellos islotes.

—Los de Suluch son antropófagos. Y los de Cafi, son muy pequeños. Así de altos.

Por sus gestos deduje que debían de ser como los pigmeos.

—Pero esos hombres —añadió— son gigantes al lado de los que viven en la isla Arucheto, que miden menos de un codo.[70]

El primer viaje alrededor del mundo

—¡No puede ser! —exclamé sorprendido—. ¿Y las mujeres?

—Un poco más pequeñas. Pero hombres y mujeres tienen unas orejas tan largas como el cuerpo, de manera que cuando se acuestan, una oreja les sirve de colchón y la otra de manta.

Me costaba trabajo creer al piloto. Pero aún añadió más datos curiosos.

—Esos enanillos van desnudos y rapados. Su voz es áspera, corren muy deprisa, viven en cuevas y galerías subterráneas y se alimentan de pescado y de *ambulón,* un fruto blanco y redondo.

—Me gustaría conocerlos —dijo al piloto.

—Los escollos y las corrientes nos impiden llegar a la isla.

Y, además, no creo que el capitán Elcano lo consintiera. No era cosa de desviarse a ver los seres más pequeños del mundo, sino de regresar, al fin, a España.

Costeamos la isla de Batutiga y pusimos rumbo oeste suroeste. A setenta y cinco leguas de las Molucas dimos con la isla de Buru, donde encontramos víveres en abundancia. Había cerdos, cabras, gallinas y mucha variedad de frutas, como cocos, bananas, una especie de piñas que llamaban *comilicui* y unos frutos parecidos a la sandía, pero con sabor a castaña. Los habitantes de Buru no tienen rey, son paganos y van desnudos.

De regreso a España

LOS HOMBRES MÁS FEOS DEL MUNDO

Entramos en el año nuevo de 1522. El 10 de enero sufrimos una fuerte tempestad que puso en peligro nuestras vidas. Hicimos la promesa de peregrinar a la Virgen de la Guía si nos salvábamos. Tan dañado quedó el barco que dimos la vuelta para repararlo en una isla que se llama Mallúa, pero tuvimos que luchar duramente contra las corrientes y las ráfagas que bajaban de las montañas hasta fondear en una cala tranquila. Esta isla es bastante escarpada. Os diré que casi mereció la pena el contratiempo, porque allí vi los hombres más feos que encontré en nuestro largo viaje. Eran antropófagos. Cuando se vestían para la guerra, enfundaban el cuerpo en piel de búfalo que adornaban con conchas, dientes de cerdo y varios rabos de cabra colgados por delante y por detrás. La moda de su peinado nos dio mucha risa, porque envolvían la barba en estuches de caña y recogían los pelos sobre la cabeza con una peineta de caña. ¡Y qué decir de las mujeres! Nada más vernos, se abalanzaron sobre nosotros con el arco en la mano en actitud amenazadora. Pero les enseñamos unos regalos y se apaciguaron. Y cuando se los dimos, se mostraron amistosas.

En Mallúa nos quedamos quince días, el tiempo que llevó carenar el casco del buque. Entretanto acopiamos alimentos y yo tuve ocasión de observar la planta de la pimienta.[71] Los pimenteros trepan como la hiedra y se enlazan a los troncos de los árboles, de manera que forman emparrados en los campos. Hay dos variedades de pimienta: la «luli» y la «lada», es decir, la de granito alargado y la de granito redondo.

LA ISLA DE TIMOR[72]

El sábado 25 de enero abandonamos Mallúa. Zarpamos a las dos y media con viento en popa. A cinco leguas al suroeste llegamos a la isla de Timor, que es larga y estrecha. Una leyenda indígena decía que la isla había sido un cocodrilo.

—Ve a esa aldea a negociar la compra de alimentos —me dijo el capitán Elcano.

Bajé a tierra y fui yo solo a ver al jefe del lugar. La aldea era pequeña y se llamaba Amadán. Su cacique sólo tenía a su servicio mujeres, que iban desnudas, como todas en esta parte del mundo. Llevaban aretes de oro en las orejas y brazaletes de oro y latón que les cubrían el brazo hasta el codo. También los hombres iban desnudos. Recogían el pelo con peinetas de caña y alfileres dorados, y adornaban sus orejas con chapas de oro. Al parecen abundaban las pepitas de oro en una montaña cercana.

El jefe de Amadán estaba muy bien dispuesto para comerciar. A cambio de alimentos, yo le ofrecí lo de siempre: telas, paños, espejos, cuchillos...

—Nosotros tenemos búfalos, cerdos y cabras.

Pero a la hora de fijar las cantidades, no nos pusimos de acuerdo. Él pedía mucho y nosotros teníamos ya pocas mercancías que dar.

Volví al barco y conté al capitán mi entrevista con el cacique. ¿Qué hacer? Estaba a bordo el jefezuelo

De regreso a España

de una isla cercana, que había venido con su hijo a vernos. Se llamaba Balibo. Decidimos retenerlo y pedir un rescate por su libertad.

—Danos seis búfalos, diez cerdos y diez cabras, o si no...

—Pero yo no tengo tantas cabras y cerdos —dijo.

Como temía que lo matásemos, dio órdenes a los suyos para que fueran a buscar lo que pedíamos.

Vinieron con cinco cabras y dos cerdos, pero en vez de seis búfalos trajeron siete. Le dimos libertad y le entregamos unas telas de seda y de algodón de la India, varias hachas, cuchillos y espejos. Se fue muy contento.

Los habitantes de Timor son paganos. Poco más puedo decir de esa isla. Es selvática y vienen a ella de Malaca y de Java a buscar sándalo. Este árbol se parece a nuestro nogal. Su madera es olorosa y apreciada. Decían que cuando cortaban el sándalo, se les presentaba a menudo el demonio bajo formas diferentes, pero siempre muy cortés, pues les preguntaba: «¿Necesitas algo?» Ellos, sin embargo, le tenían tanto miedo que caían enfermos.

BÁRBARAS COSTUMBRES DE JAVA

Tengo que deciros algo sobre una costumbre bárbara de Java. Cuando muere un hombre noble, colocan su cadáver sobre una pila de leña para quemarlo. Cuatro hombres recogen a su favorita, a la mujer que más ha amado, y la pasean en silla de manos por la ciudad hasta llegar al quemadero. Ella va tranquila,

El primer viaje alrededor del mundo

sonriente, adornada con guirnaldas de flores. Ante la hoguera, se baja de la silla y consuela a los familiares y a la gente que llora. «No penéis por mí —les dice—. Esta misma noche cenaré con mi marido y después me acostaré con él.» Luego se arroja sobre la pira donde ha ardido el cuerpo de su amante y muere devorada por las llamas. Si rehusara esta forma de morir, todos la mirarían como mala esposa.

El viejo piloto me contó otra costumbre aún más extraña. Los jóvenes enamorados se atan pequeños cascabeles entre el glande y el prepucio, van hasta la casa de la mujer cuyos favores pretenden y pasan ante su ventana para excitarla con el sonido de los cascabeles. Ella les exige que no se los quiten.

Podría contar bastantes historias maravillosas de esta región, pero sólo añadiré dos más. Una es que en la isla Ocoloro sólo viven mujeres. Si un hombre se atreve a llegar a la isla, ellas lo matan. A estas mujeres las fecunda el viento. Cuando les nace un niño, lo matan; si es niña, la dejan crecer.

La otra historia fabulosa va de aves y árboles descomunales. Dos moros de Borneo me dijeron que habían visto dos ejemplares de *garudas* en la corte de su rey. Se los habían enviado del reino de Siam. Los garudas son pájaros tan colosales y fuertes que pueden levantar un elefante y trasladarlo volando por el aire. Se posan en un árbol gigantesco que crece en el golfo de China, al norte de Java. Este árbol se llama *puzathaer* y da frutos mayores que una sandía. No es raro encontrarse uno de esos frutos flotando en el mar. Todo esto se sabe gracias a un niño que viajaba en un junco por el golfo de China, cuando un

De regreso a España

torbellino arrastró violentamente la embarcación hasta la costa, donde naufragó. Murieron todos los tripulantes menos él, que logró aferrarse a una tabla y llegar al pie del puzathaer. Trepó al árbol gigante y se ocultó bajo el ala de uno de esos formidables pájaros. Al día siguiente el garuda vino a tierra a coger un búfalo y el niño aprovechó el instante para salir de debajo del ala y huir.

NOTICIAS DE CHINA

De lo que voy a contar ahora sobre China y la India, como de lo anterior, yo no vi nada, pero escribo lo que me contó el piloto moro. La Gran China es un reino cuyo rajá, llamado Santoa, es el más poderoso del globo, pues manda sobre setenta y siete reyes, y cada uno de éstos tiene bajo su autoridad a otros diez o quince. Reside en Comlaha. Su palacio está flaqueado de cuatro palacios que miran a los cuatro puntos cardinales y en cada uno de ellos hay un ministro que recibe en audiencia a las personas que vienen de una de esas partes. El puerto de la Gran China es Cantón. En el reino hay numerosas ciudades, entre ellas Nankín, que es de las mayores. Los chinos son blancos y van vestidos. Tienen mesas para comer, como nosotros, y en sus casas se ven cruces, aunque no sé qué uso hacen de ellas.

Siguiendo la costa de China hay varios pueblos, como los *chiencis* que viven en una isla donde se pescan perlas. En la isla Sumbdit Pradit hay mucho oro, así que no sorprende que los hombres lleven una gruesa ajorca de oro en el tobillo. En las montañas vecinas hay gentes que matan a los padres cuando llegan a cierta edad para evitarles los achaques y males de la vejez.

NOTICIAS DE LA INDIA

Todo lo que voy a decir de la India me lo contó también el moro de Borneo, asegurándome que lo había visto con sus propios ojos.

El barco que quiera entrar en un puerto indio debe llevar un *chinga* de cera o de marfil. El chinga es un animal más fuerte que el león y representa el poder del rey. Está grabado en su sello. Todos los señores y reyes de la India tienen obligación de colocar en sus palacios y plazas la estatua en mármol de un chinga. El que se niegue a hacerlo, es desollado, y su piel secada al sol, salada y rellenada de paja para colocarla en un pedestal de la plaza, cabeza abajo y con las manos juntas bajo la cabeza, en señal de reverencia y sumisión.

El rajá de la India nunca está visible. Cuando quiere ver a sus súbditos, se hace conducir en una carroza que es un pavo real hecho con gran arte y adornos. Le acompañan seis mujeres vestidas como él, de modo que no se le puede distinguir. Se introduce dentro de la figura de una serpiente, llamada *naga*, magníficamente decorada, que tiene un cristal en el pecho, tras el cual el rey ve sin ser visto. Se casa con sus hermanas para que la sangre real no se mezcle con la de sus súbditos.

El primer viaje alrededor del mundo

Reside el rey de la India en un inmenso palacio rodeado de siete murallas. Se tarda un día entero en rodear la muralla exterior. En el recinto que hay entre dos murallas hacen guardia diez mil hombres, que se relevan cada doce horas. A cada recinto se accede por una puerta y cada puerta tiene su guardián. El primero es un hombre con un gran látigo; el segundo, un perro; el tercero, un hombre con una porra de hierro; el cuarto, un arquero; el quinto, un lancero; el guardián de la sexta puerta es un león, y en la séptima hay dos elefantes blancos.

Tiene el palacio setenta y siete salas que se alumbran con antorchas. En ellas sólo se ven mujeres, todas al servicio del rey. Para recibir a sus ministros el rajá acude a cuatro salas que hay en un extremo del palacio, donde también se colocan los valiosos tributos que recibe, de oro o de otra riqueza. La primera sala tiene adornos de bronce en suelo, paredes y bóveda; la segunda, de plata; la tercera de oro, y la cuarta de perlas y piedras preciosas.

En la India hay seis castas[73] o clases de personas. Los *nairi* son los señores principales y los *punicali* son los ciudadanos. Los *franai* cosechan bananas y el vino de palma. Los *macuai* son pescadores. Los *pangelini* son marineros. Los *parias* o intocables son campesinos, siembran y cosechan arroz y maíz, no entran nunca en las ciudades. Para darles alguna cosa, se deja en el suelo y ellos la recogen. Van por los caminos gritando continuamente *po, po, po*, esto es, «¡cuidado!», avisando de su presencia. Se cuenta que uno de estos parias rozó por casualidad a un *nairi* y éste se hizo matar para no sobrevivir a tan gran infamia.

De regreso a España

HACIA EL CABO DE BUENA ESPERANZA

El martes 11 de febrero dejamos Timor. Zarpamos de noche y entramos en el océano Índico con rumbo oeste suroeste. Dejamos, pues, al norte la isla de Sumatra por miedo a los portugueses y todo el sur de Asia y oeste de África, derechos hacia el lejano Cabo de Buena Esperanza, en la punta de África, que está a 34 grados de latitud sur, a mil setecientas leguas de Malaca.

No tengo ánimo ahora para contar con detalle las penalidades que sufrimos hasta doblar el cabo más grande y peligroso de la Tierra. Subimos ocho grados de latitud,[74] al este del cabo, y permanecimos allí nueve semanas al pairo, proa al oleaje y con las velas recogidas porque soplaban sin tregua fuertes vientos del oeste y noroeste. El frío era intenso y nos molestaba mucho, pero peor era el hambre. La carne se había podrido porque no habíamos tenido sal para salarla. No nos quedaba más alimento que arroz ni más bebida que agua. Muchos hombres enfermaron. Para colmo, después de tantas semanas de viento, se desató una gran tempestad. El barco quedó muy dañado y con vías de agua, de modo que era preciso achicar continuamente el agua.

—Capitán, vamos a Madagascar.

Los enfermos y algunos hombres más querían ir a esa gran isla, que está al norte, y desembarcar en Mozambique, pero allí había un establecimiento portugués, y entregarnos a ellos era perderlo todo.

—Resistiremos aquí —dijo el capitán—. Después de tanto tiempo y tantas penalidades, no vamos a rendirnos. ¡Hay que volver a España!

El primer viaje alrededor del mundo

—¡Sí, hay que volver!

La mayoría de los que íbamos a bordo estuvimos de acuerdo con el capitán. Como él, éramos ya más esclavos del honor que de la propia vida. Así que decidimos esforzarnos y correr con los peligros que se presentasen.

Por fin, el 6 de mayo, con la ayuda de Dios, doblamos el terrible cabo. Tuvimos que acercarnos hasta cinco leguas para conseguirlo.

PELIGROSA ESCALA EN CABO VERDE

En dos meses de navegación con rumbo noroeste remontamos la costa africana sin hacer una sola escala. Carecíamos por completo de víveres, muchos cayeron enfermos y a punto estuvimos de morir todos de hambre. Perdimos a veintiún hombres, entre indios y cristianos. Al arrojar sus cuerpos al mar, observamos un curioso fenómeno: el cadáver del cristiano quedaba siempre con el rostro hacia el cielo y el del indio boca abajo, cara al fondo.

Gracias a que el tiempo fue favorable, logramos descubrir el miércoles 9 de julio el archipiélago de Cabo Verde. Era tierra enemiga. Sin duda, los portugueses iban a sospechar de nosotros, pero necesitábamos víveres, ya no podíamos resistir más tiempo. Así pues, el *Victoria* fondeó en una pequeña bahía que hay al sur de la isla Santiago. El capitán mandó botar una chalupa con algunas mercancías y antes de ir a tierra hizo esta advertencia:

—Decid que venimos de América, y que hemos re-

El primer viaje alrededor del mundo

calado en este puerto porque rompimos el trinquete[75] al cruzar la línea equinoccial.

—Bien, capitán.

—Y añadid que el almirante siguió hacia España con las otras dos naves de la flota.

—Bien, capitán.

—Si no guardáis el secreto, perderemos la carga de especias. Lo perderemos todo, hasta la vida.

Yo fui a tierra en la chalupa. Nos estaban esperando en la playa muy intrigados, pero de tal manera les hablamos, que nos creyeron. A cambio de nuestras mercancías nos dieron arroz y algún otro alimento. Charlando con ellos, alguien habló del día en que estábamos, 9 de julio.

—¿Nueve? —dijo extrañado un portugués—. Hoy es día diez.

—¿Cómo? ¿Hoy no es miércoles, día nueve?

—No, no. Hoy es jueves diez.

Yo no podía creerlo, porque desde aquel lejano 10 de agosto de 1519 en que salimos de Sevilla, había anotado día a día en mi diario la fecha y el día de la semana. Y lo había hecho con cuidado y sin interrupción. Mi cálculo no era erróneo, pero no había reparado en que navegando siempre hacia el oeste, siguiendo el curso del sol, se ganan veinticuatro horas al dar la vuelta al mundo y regresar al mismo punto de partida. Basta reflexionar sobre ello para convencerse.

Con la chalupa llena de arroz regresamos a la nave. Aún quedaban dos viajes más para traer todos los víveres que habíamos conseguido. El segundo se hizo sin novedad, pero al tercero, la chalupa, en la

De regreso a España

que iban trece hombres, tardaba en volver. Desde cubierta observamos que algo extraño pasaba en la playa.

—Han retenido la chalupa.

—Esto no me gusta.

Sin duda, los portugueses debían de sospechar de nosotros, pero ¿cómo iban a imaginarse que nuestro barco fuera uno de los cinco que habían salido de Sevilla al mando del almirante Magallanes con destino a las islas de la Especiería, navegando hacia poniente? Habían pasado casi tres años... Nadie podía tener noticias de nosotros... ¿Entonces? Lo más probable es que un marinero de la chalupa había revelado nuestro secreto. Y una vez descubierto, confesaría que cargábamos clavo y canela.

—¡Mirad allí!

Entonces vimos unas carabelas que hacían movimientos para venir hacia nosotros y apoderarse de nuestro barco.

—¡Levad anclas! —ordenó el capitán.

—¿Y los trece que están en tierra?

—No podemos rescatarlos. ¡A toda vela!

Nos hicimos a la mar y poco después las naos portuguesas desistieron de la persecución.

... Y SEVILLA

Gracias a Dios, el sábado 6 de septiembre de 1522 el *Victoria* entró en la bahía de Sanlúcar. Habíamos dado por primera vez la vuelta al mundo. Según nuestra cuenta, habíamos hecho 14.460 leguas.

El primer viaje alrededor del mundo

A bordo del *Victoria* íbamos dieciocho hombres y tres indios, la mayoría enfermos, y todos rotos, mal vestidos y hambrientos. Los restantes, hasta los sesenta que habíamos salido de las Molucas, habían quedado en el camino. Trece, como he dicho, en Cabo Verde, unos pocos habían desertado en Timor, otros habían sido ejecutados por cometer algún delito y los demás habían muerto de hambre durante la travesía.

El barco enfiló el Guadalquivir y dos días después, el día 8, lunes, vimos desde lejos la torre Giralda. Largamos ancla junto al muelle y de inmediato disparamos toda la artillería. Hacía tres años y un mes —menos dos días— que habíamos salido de aquel lugar. Los que volvíamos éramos cuatro vascos, tres andaluces, tres italianos, tres de Rodas, dos cántabros, un alemán, un extremeño y un portugués.

Al día siguiente los supervivientes cumplimos la promesa que habíamos hecho a la Virgen durante las terribles tempestades, en aquellos angustiosos momentos en que vimos la muerte tan cerca. De mañana saltamos todos a tierra, y descalzos y en camisa fuimos en procesión con un cirio en la mano, a la iglesia de Nuestra Señora de la Victoria, en el barrio marinero de Triana. Todo el mundo salía a vernos pasar. Luego de la oración fuimos a la catedral a postrarnos ante la imagen de Santa María de la Antigua.

De regreso a España

FIN DE LA CRÓNICA

Así fue el primer viaje alrededor del Globo. De mí os diré que de Sevilla fui a Valladolid, donde presenté a Su Majestad Don Carlos no oro ni plata, sino algo más valioso a sus ojos: este libro con el relato del viaje más largo y heroico que se ha hecho nunca.

NOTAS

1. En el siglo xv las especias que venían de Oriente eran muy valoradas en Europa porque aportaban nuevos sabores y aromas a los alimentos, y se usaban en perfumes y ungüentos medicinales. Las ciudades italianas controlaron el comercio de la pimienta, canela, clavo, nuez moscada..., hasta que a finales del xv los portugueses abrieron la ruta que rodea África para llegar a la India.

2. *Nao:* nave.

3. *Almirante:* el que manda la escuadra.

4. *Pabellón:* bandera.

5. Tenía unos 10 metros de ancho y 31 de eslora. Cargaba 110 toneladas.

6. *Carabela:* embarcación muy ligera, larga y estrecha, con una sola cubierta y tres palos.

7. *Contramaestre:* el jefe de la marinería de un barco.

8. *Calafate:* el que cierra las junturas de las maderas de las naves con estopa y brea para que no entre el agua.

9. *Pipa:* tonel.

El primer viaje alrededor del mundo

10. La *arroba* equivale a 11,5 kilos. En total, 5.462,5 kilos de aceite.

11. *Abalorios:* bolitas agujereadas que se ensartan con un hilo para hacer collares, adornos, rosarios, etc.

12. *Indios:* los nativos del las Indias Orientales.

13. La legua marina equivale a 5,555 kilómetros o, lo que es lo mismo, 3 millas náuticas. Por tanto, la escuadra recorre unos 111 km.

14. *Chalupa:* lancha.

15. Pigafetta recoge una vieja leyenda.

16. En realidad se trata de aves con patas muy pequeñas que anidan en tierra y la madre transporta a los pollitos sobre su espalda.

17. *Fuego de San Telmo:* es un resplandor provocado porque el aire se carga de electricidad de los rayos y relámpagos. Al verlo en los mástiles, los marineros lo interpretaban como una señal favorable de su patrón san Telmo.

18. *Palmito:* es la médula o cogollo comestible de una planta llamada también palmito.

19. *Trueque:* cambiar una cosa por otra.

20. El explorador portugués Gaspar de Lemos fue el primero en llegar a esta bahía el 20 de enero de 1502. La confundió con un río y por eso la llamó Río de Janeiro (*Enero*).

21. *Idólatra:* el que adora ídolos, imágenes de dioses.

Notas

22. En la mitología griega, la laguna Estigia estaba en el Hades, el territorio de los muertos.

23. Se refiere a la espátula, que es de la familia de las cigüeñas.

24. Este cerdo se llama pecarí o saíno. Tiene una glándula en la espalda.

25. El extremeño Vasco Núñez de Balboa descubrió el océano Pacífico el 25 de septiembre de 1513 tras cruzar el istmo de Panamá. Lo llamó el mar del Sur.

26. Pigafetta anota diecisiete leguas entre las dos orillas, casi cien kilómetros.

27. Hoy se llama Puerto Deseado, a 2.100 km de Buenos Aires.

28. *Ensenada:* parte de mar que entra en la tierra.

29. La milla náutica tiene 1.852 metros.

30. *Pecio:* los restos de un barco hundido.

31. Se refiere quizás a un mapa del viajero y geógrafo Martín de Bohemia (1459-1506), que construyó el primer globo terrestre.

32. El animal que describe Pigafetta es el guanaco.

33. Según una leyenda los indios tehuelches recibieron el nombre de *patagones* por su gran pie, pero parece más cierto que Magallanes les dio ese nombre por un gigantesco personaje de la novela de caballerías *Primaleón* llamado Patagón.

34. *Estuario:* desembocadura de un gran río en el mar.

El primer viaje alrededor del mundo

35. Es la bahía de la Posesión.

36. Hoy se llama estrecho de Magallanes.

37. *Nebulosa:* materia celeste, luminosa, compuesta de polvo y gas.

38. El pan o galleta que se llevaba en los barcos estaba hecho sin levadura y era muy duro.

39. La enfermedad es el escorbuto, causada por falta de vitamina C, que se encuentra en frutas y hortalizas.

40. *Cipango* es Japón. En realidad Magallanes no debió de pasar tan cerca.

41. Son las islas Marianas, situadas al este de Filipinas y al sur de Japón. En el siglo XVII recibieron el nombre de la reina Mariana de Austria, esposa de Felipe IV.

42. *Bagatela:* cosa de poco valor.

43. Años después se llamaron Filipinas en honor del rey Felipe II.

44. *Rajá:* nombre de los reyes de los estados de la India y de Malasia.

45. *Castillo de popa:* parte de la cubierta alta del buque.

46. *Cebú* es una de las islas Filipinas, larga (225 km) y estrecha (35 km). Su capital, llamada también Cebú, es hoy una ciudad de un millón de habitantes.

47. Siam es la actual Tailandia.

Notas

48. *Calicut* se llama hoy Kozhikode, ciudad de la costa suroeste de la India.

49. Un libra equivale a algo menos de medio kilo, y el ducado era una moneda de unos 3 gramos y medio de oro puro.

50. *Mirra:* jugo lechoso y aromático de un árbol. El *estoraque* es un árbol y también la sustancia líquida y perfumada que se extrae de él.

51. Las figuras eran como Visnú, dios hindú, representado con cara de jabalí cuyos colmillos sostienen el mundo. Sus cuatro brazos llevan un disco para cortar cabezas de demonios, un cetro, signo de poder, y una caracola y una flor de loto para llamar y animar a los fieles.

52. El mosquete era un arma de fuego antigua, que se disparaba apoyándola sobre una horquilla.

53. Mindanao es la segunda isla más grande de Filipinas.

54. *Penacho:* adorno de plumas que sobresale en el casco de una armadura, en la cabeza de las caballerías engalanadas para la fiesta real, etc.

55. *Circuncidar:* cortar o amputar el prepucio del pene. Es una práctica religiosa extendida en el judaísmo.

56. *Carenar:* reparar el casco de la nave.

57. Unos ocho kilos. Una libra, 450 gramos. Ver nota 49.

58. Hacía diez años, en 1511, que los portugueses habían llegado a las Molucas. Levantaron una for-

taleza en esta isla de Ternate. Se creía entonces que sólo cinco islas producían clavo.

59. *Sultán:* gobernador musulmán.

60. Es decir por una pieza de diez *brazas* de tela (16,7 metros) un *bahar* de clavo, equivalente a 406 libras, 187 kilos.

61. Era agua termal, quizás porque las islas son volcánicas.

62. Malaca es la península alargada y estrecha que se desprende del continente asiático al sureste. Políticamente corresponde a cuatro países: Birmania (o Myanmar), Tailandia, Malasia y Singapur.

63. *Adén:* ciudad del Yemen, en el golfo del mismo nombre, a la salida del mar Rojo.

64. Cerca de cuarenta mil kilos. Sin duda es una cantidad exagerada.

65. Las calzas eran ajustadas y se abrían en la entrepierna. Los órganos genitales iban tapados sólo con el jubón, pieza de vestir ceñida al cuerpo.

66. Unos 175 kilos.

67. El Corán es el libro sagrado de los musulmanes. Contiene las revelaciones de Dios a Mahoma.

68. *Cala:* la parte más baja en el interior de un buque.

69. Tres mil kilos.

70. El *codo* era una medida de longitud, equivalente a la distancia del codo a la punta de las dedos. Va-

Notas

riaba de un país a otro, pero se aproximaba a los 50 cm.

71. El pimentero es un arbusto trepador cuyo fruto se emplea molido como especia picante en gastronomía. Las variedades más usadas son la pimienta blanca y la negra.

72. Timor es una isla al norte de Australia divida hoy en dos partes: la occidental es de Indonesia y la oriental es independiente.

73. Las castas han existido en la India desde hace unos 3.000 años. Las principales son: los brahmanes (sacerdotes), chatrias (nobles y guerreros), *vaishías* (comerciantes, artesanos) y esclavos. Los *dalits*, parias o intocables quedan fuera de esa clasificación.

74. A 900 km del Cabo. El grado de latitud equivale a 20 leguas náuticas, 111,12 km.

75. *Trinquete:* madero que se cruza sobre el palo de proa para sostener la vela.

Queda rigurosamente prohibida, sin la autorización escrita de los titulares del copyright, bajo las sanciones establecidas por las leyes, la reproducción parcial o total de esta obra por cualquier medio o procedimiento, comprendidos la reprografía y el tratamiento informático, y la distribución de ejemplares mediante alquiler o préstamo públicos.

© EDITORIAL JUVENTUD, S. A., 2010
Provença, 101 - 08029 Barcelona
info@editorialjuventud.es
www.editorialjuventud.es

Adaptación del texto: Eduardo Alonso
Ilustraciones: Carlos Escudero (A Cuatro Manos Estudio)

Primera edición en esta colección: 2010
Depósito legal: B. 4.618-2010
ISBN 978-84-261-3776-0
Núm. de edición de E. J.: 12.234
Printed in Spain
Ediprint c/ Llobregat, 36 - Ripollet (Barcelona)